一迅社文庫
女子率の高すぎる水泳部で色仕掛けに負けた俺
三二葉
Illustrator
松之鐘流

「いくら欲しいからって水着盗んじゃ、ダメよね？」
瀬《せ》戸《と》奏《かなで》
「お、俺は何も知らないですよ……」
弥《や》富《とみ》耕《こう》哉《や》
水泳部
瀬戸 水泳部

瑞《みず》浪《なみ》葉《は》月《づき》
「千歳先輩のも、麻夢子先輩のもある……。こ、この、このド変態！」
喜多学 水泳
大府

「ちょっとっ、きゃっ」

うん？

聞きなれない黄色い声がプールに響く。

声の主は千歳先輩だった。

麻夢子先輩が体勢を整えようと、今度は千歳先輩の肩に手を伸ばす。

「ごめんなさいっ。でも転んじゃうの！」

岡《おか》崎《ざき》千《ち》歳《とせ》
大《おお》府《ぶ》麻《ま》夢《ゆ》子《こ》

女子率の高すぎる水泳部で色仕掛けに負けた俺

三葉

一迅社文庫

挿画：松之鐘流
デザイン：戸島正裕（ｒｋＤｅｓｉｇｎ）

女子率の高すぎる水泳部で色仕掛けに負けた俺

第1レーン
双眼鏡越しの笑顔

あれは入学式から三週間が経《た》とうとしたある日のことだ。

授業が終わり、さて帰ろうかというタイミングでクラスにふたりしかいない男子の片割れ、猿投貴志《さなげたかし》から声を掛けられた。

「お前は部活に入るのか？」

綺麗《きれい》に通る声の方を向くと目鼻立ちが整ったザ・イケメン。入学初日から女の子に囲まれて、あっという間にその大半と連絡先を交換していた。俺、弥富耕哉《やとみこうや》が秘《ひそ》かに思い描いていた学園生活を実際にスタートさせた男だ。

「いや、全然決めてない。なんにも入らず帰宅部になるかもな」

最初は、漫画研究会とか天文部とか、文化系の部活に入って女の子たちとキャッキャウフフするつもりだった。

そもそもこの喜多学園《きたがくえん》は前年度まで女子校で、共学化されたばかりということもあり、一クラスあたり二名しか男子がいない。ちなみに女子生徒は一クラスあたり三十八人がデフォのしかも、一学年八クラス。先輩はもちろん全員女子なので、圧倒的に女子率が高い。

さすがにこれだけの女の子に囲まれれば、自然と彼女や女の子の友だちができるはず……と思っていた入学式当日までの俺を殴り飛ばしたい。

俺だって入学早々、クラスの女子に話しかけられた。けど、盛大にキョドったため、「ナニコレチョウキモーイ」なる、聞いた事もない言語でののしられた。今では、彼女どころか「女の子と仲良くしたい」なんてことすら世迷言《よまいごと》だ。

冷静に考えれば分かることだが、「対女子コミュニケーションスキル」のパラメータは、男子校出身の俺にとって圧倒的な経験値不足でめちゃくちゃ低かった。

「そっか、俺はハンドボール部に入るぜ」

俺がネガティブな記憶にテンションを落としていると、ニコリとする貴志。ハミガキ粉のCMみたいに真っ白な歯が爽やかでニクい。

「へぇ、ハンドボールに興味あったのか？」

「いや、そういう訳じゃないが、ハンドボール部は男子部員を増やしたいみたいで、今年入学した男子生徒の多くがハンドボール部にしたらしい」

ボールのイラストが入った手作り感満載の部活ポスターを俺に見せる。

確かにポスターの中心には「求む、男子部員！」と太字ででかでかと書かれている。

「ハンドボール部の思惑は分からないけど。男子生徒は少ないし、なるべく男子同士の親睦《しんぼく》を深めるためにもいいかなって思うわけよ。護身のためにも」

「護身か。確かにこの環境だと、男同士仲良くして損はないだろうな」

思わず感心する俺。やっぱりイケメンは違うぜ。

「そういうこと。隣のクラスの話だけどすでに不登校になった男子生徒もいるらしい――」

マジかよ。どうやら俺はまだ健闘している方だったのか。

「詳しい理由は分からないけどな。別のクラスには、女子ばかりの環境になじむために女装してるヤツもいるらしいぜ」

さすがにこれは冗談だよな。いや、冗談だと思いたい……。

「でもさ貴志《たかし》はイケメンだし。俺と違って女の子と喋《しゃべ》るのも上手《うま》いし、なんて言うか、ムリに男同士固まらなくてもやっていけるんじゃないか？」

細く整えられた眉《まゆ》をひそめ、

「女は怖いぜ……」

と、教室に俺たちしかいないのを確認してからボソリとつぶやいた。お前が言うと妙に重々しくて説得力がある。

俺は、幼なじみの瑞浪葉月《みずなみはづき》がこぶしを振り上げている姿を一瞬想像した。しかし、おそらく言いたいのはそういうことじゃない。

ちなみに葉月は、俺とクラスメイトかつ、家も隣同士の幼なじみというコテコテの恋愛ラブコメみたいな女子だ。

「ハンドボールか……」

そもそもハンドボールをしている自分の姿を想像できない。大体、俺は球技が苦手だ。卓球、テニス、バスケ、どれも球が意志を持って俺をもて遊んでいるのではないかと錯覚《さっかく》するほどに下手《へた》くそだし。それにマラソンや短距離走も、いつも後ろから数えた方が早いくらいの成績。

唯一できるスポーツ、いや、できたのは……。

「水泳できるんだろ？　そういえば水泳部も男子部員を探しているらしいぞ」

貴志は別のポスターを俺に見せる。

いびつな曲線で描かれたカメのイラストの上に「男子部員大募集！　青春は水泳部で！」と書いてある。

なるほど、確かに水泳部も男子部員を積極的に受け入れているらしい。

「いや、水泳はもういいんだ……」

ほとんど葉っぱばかりになった校庭の桜の木をぼんやり眺める。

俺は中学時代、将来は国体だのオリンピック候補だのと持てはやされた、県、いや日本全体で見ても早いタイムを出せるスイマーだった。それにもかかわらず、中三の秋に自転車で転んで足首を骨折してしまった。大した骨折じゃなかったけど、水泳選手の命ともいえる足首の可動範囲が大きく狭まった。

そのうえ丘の上の運動音痴がたたって、選手生命終了というしょっぱいオチ。つまり、もう昔のようには泳げないから、今さら水泳は、という感じだ。

「そんなもんか。まぁ部活なんて仲間が大事な訳で、本来は何でもいいんだろうけどな」

少し俺のテンションが下がり気味なことに気付いた貴志が話題を変えようとする。こういう機転が対女子コミュニケーションには重要なんだろうな、きっと。

「そういえば、水泳部の部長。名前は何て言ったかな。滅茶苦茶可愛《めちゃくちゃかわい》いよな」

って、また水泳の話に戻ってるし。前言撤回《ぜんげんてっかい》だ。

「瀬戸奏《せとかなで》」

真顔で即答する俺。

「おお、それそれ。ってチェックしてんだな、やっぱり耕哉《こうや》でも」

「耕哉でもって何だよ」

入学式当日、式が終わると部活動紹介が始まり、各部の部長が部活の説明をした。水泳部の番になり、「水泳部部長の瀬戸奏です。今は二年生です」と、その女の子が短く自己紹介。それ以上の記憶はない。彼女が壇《だん》の上からこちらを見て目が合った時、俺の心臓が凄《すさ》まじいスピードで脈を打ち始めたってこと以外は。

それ以来、彼女のことを考えるだけで息苦しくなり、妙に口が渇いたりするようになった。変な病気にでも掛かったのではないかと思った俺は、質問を投稿すると誰かが回答してくれる「ヤホー知恵ふくろう」に病状を相談した。

書きこまれた答えは「それは恋ですね。その病は彼女にしか治せません」とあった。初めてもらった回答をざっと読んだとき、「それは変ですね」に見えて、「うむ、確かに変なんだよ」と思ったのは内緒だ。

奏先輩のことを考えたら、やっぱり息が苦しくなったので、教室の窓を開けて新鮮な空気を胸いっぱいに吸いこむ。春の少し冷たい空気が心地よい。

「しっかし、どうなるんだろうな。俺たちの高校生活」

俺の隣に来た貴志《たかし》が、頬杖《ほおづえ》をつきながらぼんやりと空を眺めている。

遠くに聞こえるどこかの部活の黄色い掛け声が俺の無力感を加速させる。

「っておい、あれ見ろよ！　耕哉！」

語気を強めつつも内緒話をするような声のトーンという不思議な喋《しゃべ》り方の貴志。

「なんだよ」

机にだらりともたれかかり、けだるく返事をする俺。

「ほら、あれ見ろって」

窓の外に向けられた指先を目で追うと、グラウンドを挟んで正面の建物。

「あぁ、あれはプールだろ。全天候型の温水だし、天窓は可動式らしいぜ。金が掛かってる」

「ちげーよ、あの窓のところ見ろって！」

もう普通の喋り方になっている貴志。目を凝らすと窓に人影が揺れている。見覚えある栗色の髪とつんとした鼻、大きな目。

鼓動のギアが一段上がる——奏先輩だった。

彼女は胸に手を伸ばすとセーラー服のリボンを外し始めた。

「マジかよ……。着替え始めるぞ」

信じられない、という表情で目をまん丸に見開く貴志《たかし》と俺。

え、見ちゃっていいんですかこれ。

「ちょっと遠いな……。ちくしょう。お、脱ぐぞ」

貴志は一生懸命目を細めたり、窓に顔を近づけたりしている。

分かってるよ。いちいち実況しなくていい。

校舎とプールの間には多少距離があるので、一生懸命目を細めてもぼんやりとしか詳細を確認できない。

き、気になる……。

悶々《もんもん》としている俺に貴志が、さらに興奮して声をかける。

「おいおい、俺たちツイてるぜ！　渡りに船とはまさにこのことだ」

貴志は双眼鏡を二つ持っていた、なぜか。不自然すぎるだろ。

「ここに置いてあった」

聞いてもいないのに、ドヤ顔で俺たちが座る隣の席に親指を向ける貴志。

「いや、さすがに双眼鏡はマズいだろ。のぞきになるぞ」

必死で一般論を主張する俺だったけど、正直なところ、どんどん進んでいるであろう奏《かなで》先輩の着替えが気になって仕方がない。

「流れに身を任せるのも時には重要だぜ」

貴志《たかし》はすでに双眼鏡をぴったり顔につけて、「うひょー」とかイケメンにあるまじき裏声を出している。

躊躇《ちゆうちよ》する気持ちは拭《ぬぐ》えないけど、とりあえず双眼鏡を受け取って目に押しつけてみる。

ちょ、ちょっとだけ。見間違いかもしれないし。

しかし、目の前にぐんと迫った奏《かなで》先輩は、今まさにセーラー服を脱ごうとしていた。目前に迫る憧《あこが》れの先輩に、胸の鼓動が高鳴りすぎて、身体ごと揺れる。

あぁ、可愛《かわい》い……。

彼女は手を上げて上着をすっぽりと脱ぎかけると、透き通るように真っ白なお腹が覗《のぞ》いて

……と、急に服を元通りに戻す。

あれ、脱がないの？

そして、奏先輩がこちらを向き、にっこりスマイル＆ウインク。

「なんかヤバい予感がする」

と、貴志の声が耳に入ったか入らなかったかのタイミングで、プール窓横の扉が勢いよく開く。

まるで砂漠を走るトラックのように飛び出した彼女たちの後ろには砂煙が勢いよく舞い上がっている。

「おいおい、マジかよ」

俺が言いながら横を向くと、貴志はもういなかった。どんどん遠ざかる貴志の駆ける足音。

窓の外を見れば、プールから迫る刺客たちは俺のいる校舎の真下まで来ている。

▲

「で、キミはさっき何をしていたの？」

慌てて俺は教室を出たにもかかわらず、三十秒もしないうちに捕えられてしまった。自分の足の遅さが恨めしい。

腕を引かれて連れてこられたのはある意味定番の体育館裏。危機感とは裏腹に、柔らかな女子の手に身体を触られて、胸を高鳴らせている自分が悲しい。

「いや、ち、違うんです。違うんです」

反射的にとりあえず否定の言葉が口から出る。ホントはしたけどさ。

ふたりが一歩詰め寄り、ひるんだ俺が後ずさりするとひんやりとしたコンクリートの壁が背中に当たる。

怒ってるみたいだけど、ふたりとも可愛くてドキッとする。

「ウチは水泳部二年の岡崎《おかざき》千歳《ちとせ》やで。覚えといてな」

「どうも、同じく水泳部二年の大府麻夢子《おおぶまゆこ》でございます」

ガンを飛ばす千歳《ちとせ》先輩とは対照的に、行儀よくペコリと頭を下げる麻夢子先輩。

確かにふたりとも目鼻立ちがはっきりしている、いわゆる美少女に違いない。

「ちょっと、何か言わないとあかんで！」

千歳先輩が切れ長の目でキッとにらむように俺を見つめる。

なんだか怖い人だな……。

反射的に目をそらして視線を落とすと、細く引き締まったウェストが制服のスカートに収まっている。背は俺の胸元くらいだから、ぎゅっと色んな要素を詰めこんだ感じ。

「まぁまぁ、そんなに怒らんでもええがなー」

筒状に巻かれた金髪を指先でくるくる回しつつ、麻夢子先輩がなだめている。

全身から癒《いや》しオーラがプンプン漂っていて、ザ・お嬢様って感じ。花みたいないい匂いもするし。

しかも制服の上からでも分かるくらいの刺激的なスタイル。

大きな垂れ目（泣きボクロ付き）と相まって、その破壊力は相当なものだ。

ふたりを偉そうに寸評してみたけど、それどころじゃないくらい思いきりピンチだった。

「ええ思いしたんやから、覚悟しなきゃあかんで」

千歳先輩がうつむきかけた俺の顔を下から覗《のぞ》きこむようににらみつける。

「い、いやですから、クラスメイトが双眼鏡をどこかから持ってきて……」

しどろもどろになりながら必死で弁解する俺。

「人のせいにしたらあかんよ！　ウチはアンタと話をしてるんやから！」

語気が一段階強まり、さらに一歩詰め寄る千歳先輩。

確かに覗《のぞ》いたのは俺です。ホントすみません。

なんとかこのピンチを切り抜けるために俺の脳をフル回転して、バッドエンドを回避する選択肢を探す。が、見つからない！　何かいいアイデアが閃《ひらめ》いたような気がしたけど、「こんな近くに女の子がいる」と思った瞬間、思考がリセットされてしまった。

ヒザもガクガク笑ってるし、もう泣きだしたいくらいだ。

「もうそれくらいでいいんじゃないですの？」

麻夢子先輩が「このままではラチが明かない」と思ったのか、「ふう」とため息をつき、そう提案した。

「だけど、この人しらばっくれてるやん！」

麻夢子先輩と俺を交互に見ながら千歳先輩が顎《あご》で俺を指し示す。

千歳先輩は……うん、まだ俺を責めたいみたい。

「うーん、困ったわねぇ」

麻夢子先輩は腕を組んで考えこむ。

「と、とにかく、俺はもう帰りますから」

離脱するには今しかない。

俺は先輩たちから逃げるように、その場を離れ——ようとした瞬間、手首をつかまれ、ふかふかの感触が指先から脳天に突き抜けた。

この世界にこんなにも柔らかな存在があったのだろうか。それになんだか懐かしい感じで、温泉に浸かったみたいに心がうっとりしてしまう。

よく分からないけど、指先に力を入れて思いっきり揉《も》んでみたい。

ってこれ、おっぱい。

バスト。

胸。

お、お、おっぱい!!

「何この柔らか……」

俺は感電していたかのように、身体が固まってしまった。

「はい、いっちょあがりー」

カシャ、と作りものっぽさの残るカメラのシャッター音で我に返った俺。

音の主は千歳《ちとせ》先輩が持っている携帯電話だった。

そして俺の手は麻夢子《まゆこ》先輩の豊かなふくらみをしっかり捉《とら》えている。

「はい、今日はここまで」

え、続きがあるんですか⁉

「これで大丈夫だよね？」

と、俺の手を外したふたりは不安げに携帯電話の画面をチェックしている。

「ちょっと耕哉《こうや》君の表情がゆるいけど、いい画《え》が撮れたわね。今年のピューリッツァー賞はいただきですわ」

親指を立てて「グッジョブ！」と言いたげな麻夢子先輩。

「ほら、どうかしら」

満足そうに俺にも写真を見せるふたり。

画面の中には鼻の下を伸ばし恍惚《こうこつ》の笑みを浮かべている情けない俺の姿があった。

自分のことながら、「幸せそうだな、こいつ」と思ってしまった。

って俺に見せないでください！

いや、これは不味《まず》い。真剣に不味い。

「で、キミは奏《かなで》の着替えを覗《のぞ》いたの？」

自信満々で落ち着きはらった千歳《ちとせ》先輩が尋《たず》ねる。

携帯の画面は、相変わらず黄門様の印籠《いんろう》のように、こちらを向いている。

「はい、僕は覗《のぞ》きました……」

ふた呼吸くらい置いてから、かんねんしたかのように俺はそっと口にした。

こういうのを「完オチ」と表現すると、以前やっていた刑事ドラマで言ってたなそういえば。

「大人しく最初から正直に言えばよかったのに。のぞきに痴漢まで加わってバレちゃったら、即退学モノですわよ」

麻夢子《まゆこ》先輩の諭《さと》すような言い方は優しいが、言葉の重みはハンパない。

千歳先輩は「そうだそうだ」と言わんばかりに腕を組んで足を広げながら頷《うなず》いている。

「困りましたわね」と髪を指先に絡めながら考え始めた麻夢子先輩。

マジで退学だけはご勘弁を……。

「そうだ、水泳部に見学に来ませんか？」

と、突然閃《ひらめ》いたような表情の麻夢子先輩。

えっ、どういうことだ？

「そうねぇ。ウチらの部活を見学したら、許してあげてもええんやけど」

神妙な表情でやけに重苦しい感じの千歳先輩。

「あの、どういうことですか？」

先輩たちの提案の意味がまったく理解できず、「そんなことで許されるんですか？」と、思わず訊《き》き返してしまう。

「だから水泳部を見学すれば水に流してあげるって言ってるねん」

じれったそうに千歳先輩。

あぁ水泳部だけに、ってダジャレかよ、おい⁉

麻夢子先輩が「うふふっ」と、目を細めて笑っている。

こんなオヤジギャグで上品に笑う女の子が現実に存在するなんて……。

それはともかく、部活の見学だけで許されるなんて、なんという恩情判決だ。先輩方、本当にありがとうございます！

「そんなことでよければ……」

迷ったそぶりを見せつつ承諾。

部活見学をしたって入部は強制されないし、実質ノーペナルティみたいなものだよな。

「じゃ決まりやね。今から時間ある？　あるわよね、もちろん」

そういってニヤリと笑う千歳先輩。

目が合ってウインクする麻夢子先輩。

そんなわけで、とりあえず俺は水泳部を見学することになった。

水泳部の部室は温水プールの横に併設されていた。

部室に入る前にプールをざっと見渡すと、自動開閉の窓、国際大会仕様のコースロープ、自在に変更可能な水深、最高レベルの設備を備えている。

同じ中学に通う生徒の応援団が俺の名前を連呼する中でスタート台に立った光景が蘇《よみがえ》る。全国大会の決勝——。

そんな思い出に浸っていると部室のドアが開かれる。

部室の奥にはボンヤリと本を読んでいる女の子。

ドアから差し込んだ、プールの水面に反射した太陽光を浴びて琥珀《こはく》色に透き通るさらさらの髪。

芸術品のように整った鼻筋と黄金比率を保った大きな目。

細身の身体にふっくらした胸元、そしてスカートから伸びる美しい曲線を描く足。

学園の他の女子と同じ制服を着ているはずなのに、すべての女子と一線を画す。

奏《かなで》先輩だった。

「いらっしゃい」

本を閉じてから、優しくほほ笑みこちらを向く。

俺に言ってるのか？

柔らかな声が俺の耳に入るだけで、脳みそごと震えて思考が鈍くなる。

可愛《かわい》すぎますって……。

「どうしたの？　中入ってね」

立ちすくんでいる俺に優しく声を掛ける。

「待ってたわよ。耕哉《こうや》君」

え、え、どうして俺の名前を⁉

もしかして奏先輩は俺のことをチェック済みで……？

俺は反射的に、奏先輩と部活でキャッキャウフフし、奏先輩と付き合い、同じ大学に行き、プロポーズ&結婚、幸せな家庭を築くところまで妄想した。

「し、し、し、失礼しまっす」

身体は緊張でガチガチに強張《こわば》り部室に入る。

しかし、そのときだった。

「何しに来たのよ耕哉！」

他にも俺の名前を知る女の子が⁉

次はどんな美少女が……。って聞き覚えのあるでかい声に一瞬で現実に引き戻される。

まさか……。

そのまさかだった。

ぱっと横を向くと、入り口から死角になっている場所に葉月《はづき》がいた。

腕を組んでキッと俺をにらんでいる。

「なんでお前がここに？」

「部活見学に決まってるじゃない。水泳部に入ろうと思ってるのよ私」

まるで俺が間違っていると言わんばかりで、自信満々に言い放つ葉月《はづき》。

「耕哉《こうや》こそ何しに来たのよ」

「何しにって見学だよ。悪いかよ」

「耕哉は部活なんて面倒なだけだって、この間言ってたじゃない。どういう風の吹き回しよ。あ、どうせ奏《かなで》先輩に会いたくて来たんでしょ。この軟派男」

俺のどこが軟派男なんだか。自分で言うのも何だが純情そのものだろう。

「何だっていいだろ。お前には関係ないし」

「あらあら仲がいいのね、ふたりとも。恋人同士みたい」

頷《うなず》きながらニコニコとコメントする奏先輩。

違いますから！　僕が恋人になりたいのは奏先輩ですから！

「そういうのじゃないですから！」

奏先輩を前にして、魂の叫びを声にできない俺に代わって葉月が叫ぶ。

「ふたりとも、今日は部活の見学に来てくれて、ありがとうございます」

丁寧《ていねい》に言葉を選ぶように言ってから、髪を耳にかけてペコリと頭を下げる。

もう全ての動きが愛《いと》おしい。

「あっ、ちょっと待ってください」

それにもかかわらず、突然葉月が口を挟んだ。奏先輩からありがたい言葉を頂戴《ちょうだい》しているのだから、大人しく聞きたまえよ。

「どうしたの？　葉月ちゃん」

笑顔を崩さない奏先輩。

「すみません、ちょっとトイレに行きたくって……」

恥ずかしそうに身体をよじっている葉月。

トイレくらい済ませてから来いっての。

「はいはい。いってらっしゃい」

ドアがパタンと音を立てて閉まると、沈黙が訪れた。

俺対女の子三人。未《いま》だかつて体験したことのないシチュエーションだ。しかも目の前には憧《あこが》れの先輩までいる。

「まぁ座ってくれてええよ」

千歳《ちとせ》先輩がパイプイスを出してくれたので、俺は「どうも」と軽く言って腰掛ける。

そして再び沈黙。俺以外の三人は立ったままで妙な圧迫感を感じる。ついつい下を向いてしまうのも仕方ない。

しばらくするとひそひそと千歳《ちとせ》先輩が麻夢子《まゆこ》先輩に耳打ちしているのが聞こえて顔を上げる俺。

そしてふたりは奏《かなで》先輩に近づき、今度は奏先輩ともヒソヒソ話。

ときどきこっち見てるし、一体何を話しているのだろうか超怪しい。

しかし、奏先輩と目が合うと、

「あ、わたしたちのことは気にしないでね。何もないから」

と、ニッコリ笑い優しく語りかけるようにして、また内緒話を再開。

自分から「何もない」と言ってしまうあたり余計に怪しいよ。

壁の掛け時計を見ると秒針がゆっくり動き、規則的な機械音が静かな部室に響き渡る。相変わらずのハンパないアウェー感に時間の過ぎゆく体感速度はひどく遅かった。

俺は借りてきた猫のように大人しく——いやそれどころか、固まるしかできなかった。

さっきはやかましいだけだと思った葉月《はづき》もこんなときにはいて欲しい。

早く戻ってきてくれよ。

見回すと、そこかしこにお菓子のパッケージやゲーム機、マンガが散乱しているうえに、部屋の隅にはなぜか畳とコタツまで。

運動部の部室だし、ベンチやロッカー、トレーニング器具なんかが置かれている光景を想像していた。

申し訳程度にハンガーに掛かった競泳用水着だけが、ここが水泳部の部室なのだと思い出させてくれる。

視線を戻すと奏先輩がこっちを見ている。

背は俺の肩くらい。陶器のように透き通った白い太ももが、制服のプリーツスカートからまっすぐ伸びている。小ぶりで整った鼻、大きな瞳《ひとみ》の切れ長アーモンドアイ、そしてグラビアアイドルですらかすんで見えるパーフェクトなプロポーション。

ときどき肩に掛かる髪を指先で巻き取るように遊んでは、小さくため息をついてアンニュイな表情の奏先輩。

そして奏先輩は短く鼻で息をついてから、

「ねぇ、何か話してよ。耕哉《こうや》君」

って言われてもなぁ……。

俺だって、葉月がいないうちに、気の利いた会話の一つでもして奏先輩とフラグを立てたい。だけど、小中どころか幼稚園まで男子校だった俺が、いきなり憧《あこが》れの先輩を前に饒舌《じょうぜつ》になる訳もなく。

「え、えぇ……」

と、返事にも会話にもならない反応を示すだけで精一杯だ。

「んもう、シャイなんやから」

千歳《ちとせ》先輩が呆《あき》れ顔で言う。

「まぁ結構じゃないですの。ゆっくり仲良くなれば」

今度は麻夢子《まゆこ》先輩がフォローに回る。

「しかし葉月《はづき》ちゃんは遅いわねぇ」

思い出したように奏《かなで》先輩がどこか遠くを見るように言う。

そうだ、俺たちは葉月を待っていたんだった。

ぶっちゃけ今の「女の子と三対一シチュ」はハードルが高すぎるから、早く戻ってきてくれよ……。

そんなわけでそわそわしている俺の視線はつい下がり気味になってしまっていた。

視線を元に戻そうとした俺の目に入ってくるのは奏先輩の茶色のローファー、紺のソックス、そして真っ白でふわふわな太もも、ひらひらなスカート、まぶしい白のセーラー服、ぷるるんな唇——あ、目が合った……。

「なぁに？」

と、口角を上げてほほ笑む奏先輩。少し首をかしげているところが可愛《かわい》すぎる。おもわずゆるんだ頬《ほお》を誤魔化《ごまか》すために、うつむく俺。以下エンドレス。

この負のスパイラルを打破するためには何を言ったらいいんだ？

あ、そ、そうか。

「き、き、今日はいい天気ですね……」

エサを待つ池の鯉《こい》のように口をパクパクさせてから出た言葉がこれだ。

コミュ障にも程があるだろ俺……。

「そうね。今日もいい天気ねぇ」

はい、会話終了。

傾けていた首を戻して優しく返してくれた奏先輩。

「ちょっと、今日は曇りやで」

うん、ジャストミートな突っ込み。

千歳先輩が「やれやれ」と鼻で笑いながらそう言った。

「とりあえず自己紹介でもしてくれへん？　耕哉《こうや》君」

腕を組み直しながら千歳先輩が続けると、

「うんうん」

と、口をモグモグ動かしながら頷《うなず》く麻夢子先輩。

ふたりとも随分《ずいぶん》と簡単に言ってくれるな……。

俺を下の名前で呼ぶ性別♀なんて思いつく限り、母さんや田舎の婆《ばあ》ちゃん、それから葉月くらいだし。

また沈黙が続く。

それでも先輩たちはじーっと俺を見つめて自己紹介を待っていた。

誰がやるって言ったよ！

葉月《はづき》は戻ってこないし、こうなったらヤケクソだ。やればいいんでしょ、やれば！


「え、え、えっと。や、や、や、弥富耕哉《やとみこうや》と言いま、まあしゅ……」

緊張で乾ききった俺の喉《のど》は、マトモに発声することすら許さなかった。

一言で言えば、「やっちまった」だ。

そして一息置いてから「おーっと、これはひどい！」と脳内でナレーションがこだまする。

大体しゅってなんだよ！　スタイリッシュの略か。しかもその後の言葉が出なくてDJのスクラッチみたいになってたし……。

「で、えっと耕哉君は男子校出身なんだっけ？」

見かねた奏《かなで》先輩が渋い顔を浮かべながら続けてくれた。恥ずかしすぎて、顔の表面が熱い。

「へ、へ、は、はい、だ、だ、男子校出身です……」

何度か深呼吸を繰り返して心身のクールダウンを試みて、ようやく答えることができた。

「葉月ちゃんが泳げるって言ってたけど、水泳は得意なの？」

「は、は、はい、す、す、少しなら……」

まるで尋問《じんもん》だ。

様子が面白いのか、麻夢子《まゆこ》先輩が手のひらを口にあてて笑っている。

「まぁ今日はこれくらいでええんやないの」

「葉月ちゃんが戻ってきたら部活の説明はするとして、本当に今日も暑いわねぇ。もう夏みたい」

「うーん」と小さく身体を伸ばしながらハンカチをおでこに当てる奏先輩。半開きのまぶたが妙に色っぽい。

部室は温水プールに隣接してるのだから暑くて当たり前なんじゃ……。

「暖房が利いてるのを差し引いても暑いかも知れへんわね」

千歳《ちとせ》先輩の声に釣られるように、俺は部室の窓から見えるプールの水面を眺める。

波一つなくしんと静かなプール——。

やがて、三人に視線を戻した俺は我が目を疑った。

奏先輩はもちろん、三人が揃ってプリーツスカートを指先でたくし上げながらパタパタとあおいでいる。パタパタのリズムに乗ってチラチラあらわになる先輩方の薄い布たち。

言った。

「ゆっくり」の方がはるかに人間らしいと思うくらいのひどい棒読みで三人が声を合わせて

しかし今の俺はそれどころじゃなかった。

目の前には先輩たちのパンツ、パンツ、パンツ。

あまりにも衝撃的な光景を食い入るように見つめていた俺はまばたきを忘れ、気付くと渇きった目を潤《うるお》すための一筋の涙が頬《ほお》を伝う。

女の子のパンツを見て涙するとか恥ずかしすぎる……。

「本当に蒸し暑いのは嫌なのですよね」

麻夢子《まゆこ》先輩は心がこもってない言い方で斜め上を眺めながらあおぎ続けていた。

麻夢子先輩のパンツは紫色でやたら面積が小さくて両端が細いヒモで結んであって——ってヒモパンってやつだよコレ！

「ほんまにね。暑いのはイヤやわー」

千歳《ちとせ》先輩は棒読みでうつむいたままその動作を繰り返している。

白ベースに青いボーダーライン——すなわち縞《しま》パン。こんなパンツを穿《は》いている女の子がいるなんてにわかには信じがたいけど現実なんだろうか。

身体のラインに沿って素材が伸びて歪《ゆが》む縞が妙に生々しい……。

「本当に暑いわぁ」

「まぁ泳ぐなら暑いくらいのほうがいいんだけどねー」

どこかにカンペが貼ってあるんじゃないかと思うくらいの、抑揚がない言い方。

奏《かなで》先輩は――黒いレースだった。

俺の両目はレースに刺繍《ししゅう》された細かな花柄まで映し出していた。

って、なんだか見えてはいけないものまで、かすかに見えているような……。

「んもう、何見てるのよ、こーくん（はーと）」

「いやん」と言わんばかりに腰をよじる奏先輩。

「恥ずかしいじゃないの」

今度は床に四つん這《ば》いになって、お尻《しり》を突き出したポーズを取る奏先輩。

丸いお尻にきゅっと下着が食いこんでいる。

俺の前にあるのは、まさしくT字を形作っているTバック。

「あばばばばばばばばばばばば」


ってあれ、何だか一瞬ぼーっとして、鼻水？

鼻と口の周りが生ぬるく濡《ぬ》れている感覚。

反射的に鼻をこすった指先が真っ赤《か》に濡れていた。

「鼻血出しながらヘラヘラして、何やってんのよアンタ」

振り返れば、変身ヒーローの登場シーンのように女の子が腰に手を当てて立っていた。切れ長の猫目とすっと通った鼻筋、プールの塩素に焼けてチョコレート色に染まった髪、そして制服の上着が苦しいと悲鳴をあげていそうな巨乳。

黙っていれば美人なのに。

見慣れきった幼なじみ、葉月《はづき》の姿に一瞬で現実に引き戻される。

「なんだよ、葉月、俺は今……」

ただでさえ釣り目気味の葉月の目がいつもより釣り上がっている。

「俺は今なんだって？　ったく、ちょっと目を離すとこれなんだから」

押しつけるように、俺にティッシュを渡す。

「おうサンキュー。いや、だから俺は……俺は……」

もう一度、奏先輩たちの方を見ると三人は関係ないとばかりに涼しい顔。あれ、もしかして俺は幻か何か見ていたのかな？

いや、たしかにこの目に焼きついているのは真実だったはずだ。

「お待たせしてすみません、それにうちの耕哉《こうや》がご迷惑掛けたみたいで……」

三人に言いながらパイプイスを広げる。

「『うちの』ってなんだよ、俺はお前んちの子供じゃねーよ」

「でも迷惑掛けたんでしょ？　エッチなこととかしてないでしょうね」

どちらかと言えば見せられたというか、受動的な。「be＋過去分詞」的な？

「俺にそんな度胸ある訳ないだろ」

こんな台詞《せりふ》を言ってる自分が少し悲しい。

「そうよね、アンタは私以外の女の子と喋《しゃべ》ったことないもんね」

「はいはい、お熱いですこと」

ほほ笑ましいと言わんばかりのアルカイックスマイルで麻夢子《まゆこ》先輩が割って入る。

「「そういうのじゃありませんから」」

急に真顔になる俺たち。

「で、耕哉《こうや》は何か水泳部のこと聞けたの？　って女の子が苦手なアンタのことだから、何も喋れなかったに決まってるわね」

「ぐ……」

図星すぎて言い返せない。

「はいはい、じゃ部活の説明を始めましょうね」

奏《かなで》先輩がたしなめる様にそう提案した。

「ここは水泳部って部活なの」

なるほど。

「えっと、うんと、泳いだり？　そんな部活」

「……」

しばし沈黙。

あれ、もう終わり？

「もうしっかりしてくれへんと奏。って感じで水泳部なのウチたち。さっきも聞いたけど、耕哉君は泳げるんでしょ？」

千歳《ちとせ》先輩は俺の二の腕をぐいとつかんで上腕をもみもみ。反射的に身体がビクっと反応した。だって葉月《はづき》以外の女の子に触られることなんて初めてだったし。

「うんうん、いい身体やね。合格、合格」

「せっかくだから泳いでいけば？　わたしたちと一緒に泳ぎましょうよ」

そうだ、と人差し指を天井に向けて奏先輩がいきなり提案。

え？　奏先輩の水着姿拝めてしまうんですか？　やったー！

俺が返事をする間もなく、淡々とセーラー服を脱ぎ始めた奏先輩。

え？　え？　はい？

俺の脳にさっき刻印されたばかりの花柄の黒いレース生地が再び目に飛びこんだ。でもさっきと違うのは三角形の布地が二つ細いヒモで繋《つな》がっていること。

これなんて言うんだっけ。ほら、ニチアサの変身ヒーロー番組……ジャー……〇〇レンジャー……。そうだ、ブラジャーだ！

ふんわりと張ったふたつの膨《ふく》らみの中間——谷間。

目をそらそうとしても、眼球がビクともしねぇ……。なんだよこの見るからに柔らかそうな物体は……。

先輩のおっぱいに釘《くぎ》付けになっていると、ジジリと耳慣れない音が聞こえて我を取り戻した。

うん？

その音のする方では、麻夢子《まゆこ》先輩と千歳《ちとせ》先輩の手がスカートのファスナーを下げ——ぱさっとスカートが床に落ちた。

さらに奏《かなで》先輩は窓際のハンガーに掛かっている水着に腕を伸ばす。「えいっ」と小さく声を出して身体を伸ばした瞬間、プリーツスカートが「すとん」と、床に落ちる。

目の前には、まぶしいまでに真っ白の太ももとお腹《なか》、そしてブラジャーと同じ色の布地。

今度はチラ見どころではなかった。

本物のパ、パン、パンツ!?

「ちょっと！　先輩たち、いい加減にしてください!!」

葉月《はづき》の声が大きく響き、強い衝撃とともにきーんと耳の奥が鳴った。

思わず振り返ると俺を殴った余韻《よいん》で葉月の乳房がぶるるんと音を立てんばかりに揺れてい

た。

——と、こんな感じで、俺が先輩たちの繰り出す色仕掛けに翻弄《ほんろう》されては幼なじみに殴られる。大体そんな感じのお話。

女子率の高すぎる水泳部で色仕掛けに負けた俺

第2レーン
上映作品、主演：俺

「で、これが喜多学《きたがく》のプールね」

葉月《はづき》が戻り、ようやく奏《かなで》先輩の先導で設備案内から部活説明が始まった。

メインのプールはレーン数が十一本、五十メートルの長水路型プール。その横には飛びこみ競技用のプールも併設されている。

喜多学園には財界の大物令嬢の生徒も多く、父兄から集まった巨額の寄付金のおかげでプールに限らず学園内の設備はどれも贅沢《ぜいたく》なものばかりだ。

「本当に豪華なプールよね」

仰ぎ見るようにキョロキョロと見まわす葉月。

「てか、お前は喜多学の付属中学だったろ？　中等部のプールはこんな感じじゃなかったのか？」

葉月も俺と同じく幼いころから、水泳を続けていた。

きっかけは仲の良い親同士が結託して、俺たちを近所のスイミングスクールに入らせたから。くされ縁ってことになるのかな。

「やっぱり中等部だからね。高等部のとは比べ物にならないよ。二十五メートルプールだったし」

水際まで歩み寄って、今度は底を覗《のぞ》きこむ葉月。

「過去にはここでインターハイも行われたことあるんやで」

千歳《ちとせ》先輩がえっへんと誇らしげにスタート台に上がる。

そのスタート台をよく見れば、うっすらとネズミ色の埃《ほこり》が積もり、銀色にメッキされた台自体を支えるフレームにはところどころサビが浮いている。

今にも朽ち果てそうなそれに俺は妙な親近感を覚えた。

「まぁわたくしたちが生まれる前とか、赤ちゃんの頃の話ですけどね」

麻夢子《まゆこ》先輩が少し寂しそうに誰もいないプールサイドを見渡す。

そこには何百人という観客が入れるであろう観客スタンドが広がっている。

だが、たてつけが悪く隙間《すきま》のある窓からグラウンドの砂埃が入るようで、かつて鮮やかなオレンジだったそこも、薄汚れてしまっていた。

「こんなにいいプールなのにもったいないですね」

思わず俺の心の声が独り言となって口に出てしまった。

「そう思うでしょ？」

俺の前に回りこんできた奏先輩がそう言った。

「え、ええ。お、お、思います……」

どくんっと不整脈を伴って言葉が揺れる。少し胸が痛い。

「そう思うなら入らない？　水泳部に」

ふいにずいっと奏先輩の顔が近づいた。

近いよ！　近いって！

目の前数十センチに迫る奏《かなで》先輩の瞳《ひとみ》は一層大きく開き、俺を捉《とら》えて離さない。

死ぬ……本気で俺死ぬって……。

呼吸を整えようと息を吸いこむと、鼻から優しい石けんのような匂いが脳天まで突き抜け、意識が遠のく。

気　絶　し　そ　う　だ。

「水泳部、皆で入ると、楽しいぞ」

今度は千歳《ちとせ》先輩と麻夢子《まゆこ》先輩が、交通安全の標語みたいに言いながら、俺の顔を挟みこむようにして近づく。

奏先輩ひとりですら俺の様々なメーターが振りきれそうになっているのに、美少女をふたりも追加された日には……。「女性耐性×」の特殊能力持ちの俺にとって、このシチュエーションは未知の領域すぎる。

「い、いやいや急すぎませんかね……。さっきは見学だけって話でしたよね。せ、先輩方……」

必死で声を絞り出して返答する俺。

「うん？　聞こえないよ？」

鼻同士が触れてしまうのではないかという距離にまで、奏先輩が間を詰める。長い髪が俺の制服に当たり、さらりと小さく音を立てる。

このシチュエーションに俺の全身は金縛りにあったかのようにガチガチに硬直してしまっていた。

きっと今の俺は傍目から見たら、幼いころに持っていたポーズが立ち姿で固定された変身ヒーローフィギュアみたいになってるに違いない。

もっともヒーローみたいに凛々《りり》しい表情じゃ決してないって断言できるけど。

小さい頃お人形遊びをしよう、と葉月《はづき》が言うたびにビシっと決まった変身スーツに身を包んだ俺のヒーローフィギュアは、ウェディングドレス姿の可愛《かわい》らしい少女に首を絞められたり、等身に対してやたら長く細い足でハイキックをかまされたりしていた。

思えば葉月のサディスティックな一面はあの頃にはすでに片りんを見せていた。

はっ、そうだ！　葉月だ。助けてくれ葉月！

先輩たちの視線をかいくぐって葉月を見る俺。

頼むから伝わってくれ！

しかし、葉月は何も言わず眉間《みけん》にしわを寄せて、俺に冷たい視線を投げかけるばかり。

この表情は昔から葉月の機嫌が斜めになりかけたときにする表情だ。

理由は分かないけど、イヤな予感がする……。

そのまさかだった。

「ちなみに私はもう入部することに決めたから」

俺をあざ笑うかのようにそう吐き捨てたのだ。

マジかよ。てか俺の入部とお前の入部は関係ないだろ！

葉月《はづき》の助けが得られない以上は自分で何とかするしかない！　意気込んだ瞬間、奏《かなで》先輩と再び目が合った。うるうると涙をうっすら浮かべた瞳《ひとみ》。ぷっくりとつややかな唇がかすかに動きだす。

「お、ね、が、い♡」

ウィスパーボイスを伴った言葉の最後にはたしかにハートマークがついていた。

小さな吐息が俺の鼻にかかる。

千歳《ちとせ》先輩と麻夢子《まゆこ》先輩までもが俺の耳に息を優しく吹きかけてきた。

うおおおおおおおお!!

俺の中で何かのスイッチがＯＮに切り替わった。

うん、俺入るよ、水泳部に入るよ！　生まれ変わっても、何度でも何度でも喜多学《きたがく》水泳部に入るよ！

この決意を奏先輩たちに伝えようとしたそのときだった。

ブンっと、俺の目の前を黒い何かが横切り、テンションが一気に元に戻る。

ん？　なんだ？

「キャっ！」

続いて小さな悲鳴。

プールサイドに迷いこんだハチが、葉月の周りをブンブン飛んでいた。

「無闇に動くと刺されるから静かにしてろよ！」

俺がその辺にあったビート板を手にしている葉月に言うと、ハチはこっちに進路変更した。

「ちょっ、こっち来るなって！」

「ハチさん、耕哉《こうや》を刺してあげて！」

なぜそうなる。

襲撃に身構えたところで、ハチは窓の外へ飛んでいってしまった。

「ふぅ。誰も刺されなくて、よかった……」

と、安堵《あんど》していると——。


ドガッ！　ドガッ！　ドガッ！


葉月は俺に近づくなり、ビート板で何度も殴ってきた。

「いって！　何でこのタイミングで殴られなきゃいけないんだよ！　イミフすぎるだろ」

「耕哉が先輩たちにマヌケな顔を晒《さら》してたから、喝を入れてあげたのよ。いっそのこと刺されればよかったのに」

「本当は何か他に言いたいことでもあるんじゃないのか?」

動機と行動が滅茶苦茶《めちゃくちゃ》すぎて、とりあえず聞いてみる。

「何もないわよ! 強いて言えば、ちょっと先輩たちがアンタに近すぎるって思っただけよ!」

「別に先輩たちが俺に近づいたってお前には関係ないだろ」

確かにみんな近すぎて気絶するかと思ったけどさ。

葉月《はづき》の背中の向こうにいる先輩たちはほほ笑ましい笑顔。

何が面白いんでしょうかね。

「はいはい、お熱いお熱い」

そんな俺たちの間に千歳《ちとせ》先輩が割って入ってきた。

「そういうのじゃないですから……」

葉月が目をそらしながら、バツが悪そうに呟《つぶや》く。

俺も同感だ。

「んもう、もう少しで耕哉《こうや》君入部しそうだったのにぃ」

奏《かなで》先輩が少し残念そうに言ってくれた。

「耕哉は水泳部入らないの?」

制服のリボンを直しながらまた葉月。

「いやいや、まだプール見たばかりだし。どんな活動内容なのかも分からないのに入れる訳ないだろ」

さっき入部すると言いそうになっていた事を棚に上げた俺。

でも、喜多学《きたがく》では一旦入部すると原則的に転部は認められないし、入部したら三年間同じ部活と共に過ごさなければならないという校則がある。

「まったくグズグズして男らしくないわねぇ」

こういうのはグズグズって言わないだろ。

慎重だと言って欲しいものだ。

「それに俺は水泳はもういいんだよ……」

そうだ、俺は今さら水泳を本気でやったって、かつてのようにはいかないんだ。

「ケガのこと？」

麻夢子《まゆこ》先輩が首をかしげながら、声のトーンを落として、こう続けた。

「大丈夫、知ってるわ。でも、そんなこと関係ないわよ」

「色々あるのよ。わたしたちも」

奏先輩まで急にシリアスな顔になった。

色々ってなんだろう。

「でも、ホントは水が恋しいんでしょ？」

千歳《ちとせ》先輩がプールサイドから水を指ですくう。

真夏に汗をかきながら泳ぐ独特の感触、プールの底から見上げる水面に揺れる景色、前世は魚だったのではないかと思うくらいに水が好きだった。

だから、喜多学《きたがく》の水泳部にまったく興味がなかったと言えばウソになる。

だけど、だけど――。

「俺も色々あるんですよ」

水泳への想いと現実の葛藤《かっとう》が混ぜこぜになって、言葉に詰まる。

「ま、ええわ。とりあえず部活の説明を続けましょ」

千歳先輩が流れをもとに戻す。

「じゃ次は実際に施設の案内をしましょうね」

にっこり奏《かなで》先輩。やっぱり癒《いや》されるな。

俺って、実は切り替えがかなり早い性格なんじゃ。

「これがプールで、あれが飛びこみ台ね」

奏先輩がそれぞれを交互に指差し、指先の動きに合わせて視線を動かす俺たち。

……。

見りゃ分かるよ！　終わりかよ！

一呼吸置いて口に出せないつっこみが、心の中でこだました。

「天井は自動で開くし、水深も自由に変えられるんやでー」

ポケットからリモコンを出して、スイッチを入れる千歳先輩。

どっちが部長なんだか。

低い機械音がプール中に響き渡る。すると、天井を覆った透明な屋根が低い音を立てて、ゆっくりとスライドしはじめた。

思わず俺と葉月は「おおっ」と声を漏らす。

「屋内プールなのに、冬には寒中水泳できるのよ」

自慢げに麻夢子《まゆこ》先輩がぼそりとつぶやく。

「そんなことしているんですか!?」

「え、計画段階です」

一瞬本気で信じて損した気分。

天井が開ききると、四月の柔らかい日差しがプール内に降り注ぎ気持ちがいい。反射的に「うーん」と身体を伸ばそうとしてしまう。

視線をプールに戻すと、日陰だったからか目立たなかったプールの汚れが目につくようになった。

ゴミ、散乱したビート板だけでなく、プールの底にはヘドロのような黒い何かが沈殿している。おまけにプールサイドには空気の抜けたレジャー用ゴムボートやビーチボール、サメの形を模した浮輪など、おおよそ部活動としての水泳からは連想できないようなものが散乱していた。

　本当にこのプール、ちゃんと使ってるんだろうか？

「あ、やっぱり気になっちゃう？　気になるよね……？」

　そんな俺の疑問を察知したのか、奏《かなで》先輩はしゅんとしたテンション。

「ええまあ。立派なプールなのに使われてないみたいですし……」

　思ったままの感想。屋外プールならまだしも、屋内プールにオフシーズンはないはずなので、この荒れ具合は正直理解に苦しむ。

「普段の練習はどうしているんですか？」

　さすがに葉月《はづき》も不審に思ったのか、いぶかしげに尋《たず》ねた。

「はっきり言って、泳ぐ事は滅多にないし、水泳部と言われて想像するような活動はしていないと思うわ。部員がわたしたち三人しかいないからプールの掃除もままならないし、かといって部員も増えないし。良くないと思うんだけどね……」

　確かに学園の全校生徒が千人近くいる割には、水泳部員が三人とは少なすぎる。

「それにここ女の子ばかりでしょ。近頃は『メイクが落ちる』とか、『塩素で髪が傷《いた》む』とか言ってプールを避ける子が多いのよ。プール楽しいのにね」

　奏先輩は、ビーチボールに空気を入れながらそう付け加えた。

「そうそう、えっと確か、体育の水泳の授業も全校投票で、ウチたちが入学した前の年から廃止になったとか聞いてん」

記憶をたどるように顎《あご》に手を当てる千歳《ちとせ》先輩。

「女子には女子ならではの悩みがあるんですね」

「だからウチたちは部室で喋《しゃべ》ったりトランプしたり、そんなことしてばかりやねん。そもそもプールが汚いから泳ぐ気にもなれへんし……」

「そうそう、だからプールに入りたいときは、ボートとかを使うのよ」

今度は、バレーボールのサーブのようにビーチボールを遠くに飛ばす奏先輩。

なるほど、だからボートがあったのか。実に合理的だ。ってプールに入ってないじゃん！「水泳」じゃないじゃん！

「だから普通のイメージの水泳部とは違うと思うの喜多学《きたがく》の水泳部は。はっきり言えば豪華な設備を持て余す何もしない部ってところかしらね」

ぶっちゃけすぎです奏先輩。

「ね、これなら今の耕哉《こうや》でも気軽に入部できるんじゃない？」

黙って話を聞いていた葉月は納得したような表情。

いや確かに泳がなくてもいい水泳部なら気軽に入れるけど、それは何か違うような……。

「耕哉は中学のときの水泳部はどうだったの？」

「どうって、ひたすらキツかったよ」

俺の中学時代の水泳部は、春夏のシーズン中は朝晩合わせて毎日五キロは泳がされ、冬場には体力作りと称して冬山登山や長距離走をしていた。

石垣のような厳《いか》つい図体をした顧問教師の指導は「絶対」の典型的な体育会系の部活だった。

目の前に並ぶ四人の女の子、いや葉月《はづき》を抜いた三人の喜多学《きたがく》水泳部員を見ていると、遠い昔話のように感じる。

「本当はこのままじゃダメだと思うけどね」

誰も泳いでいないのに時間を計り続けるタイム計測時計の針を見つめる奏《かなで》先輩。

あ、自覚あるんだ。

「うん、このままじゃダメなのよ」

ふうと、小さく息を吐きながら千歳《ちとせ》先輩。

しんみりした空気が流れる。

「ま、設備の説明はこの辺にしておいて、部室戻りましょうか」

奏先輩が場を取り直し、俺たちは部室に戻った。

さっきは緊張で気が付かなかったけど、部室の壁際には背の高いトロフィーがずらりと並び、栄光の歴史を綴《つづ》った賞状と記念写真が額縁に収まっている。

　どれも大きな大会のものばかりで、喜多学プールで行われた大会の写真もあった。超満員のスタンド、水しぶきが勢いよく散っている真っ青《さお》の水面。たった今見てきたプールからは想像できない風景。

　競技の写真を見ていると胸の奥がうずうずしてくる。

「こんな時代もあったみたいだけどね」

　麻夢子《まゆこ》先輩が冷蔵庫からスポーツドリンクを出して、どこか他人事《ひとごと》のように言う。

「まぁこんな感じで、今はゆるい部活やねん。泳ぎたければもちろん泳いでいいし。入部したら好きにプールを使ってくれてええんやで」

　千歳先輩が手を広げて「どうぞ」というポーズ。

　少々汚いとはいえ、超豪華なプールをいつでも好きに使えるなんて夢のような話だ。先輩たちは水の汚さから泳ぐ気になれないと言うが、プールの水は塩素が強いのでちょっとやそっとの汚れなら人体に問題はない。そもそも中学時代の屋外プールは、シーズンも終わりに近づくと枯れ葉が浮き、水中は砂や泥で濁《にご》りきって五メートル先も目視できないくらいだったから、汚い水のプールには慣れっこだった。屋根がついて温水なだけでも上等だよ。

　それに説明を聞く限り、喜多学の水泳部なら誰に何を言われるでもなく、自分のペースでトレーニングもできるはずだ。ゆっくりリハビリもできそうだし、男子がひとりだけなら学外の大会に出る必要もないだろう。

しかも入部したら憧《あこが》れの奏《かなで》先輩とずっと一緒だ。ひょっとすれば奏先輩と彼氏彼女の関係になったりして……。よく考えればいいことづくめの最高の環境じゃないか！

「お話を聞いてるとアンタにピッタリの部活じゃない。奏・先・輩・も・い・る・し」

ひんやりした視線の葉月《はづき》。なぜ最後だけ強調するし。

そうだ、葉月が入部するんだった……。前言撤回《ぜんげんてっかい》。

そもそも何で葉月は俺が奏先輩に惚《ほ》れていると知っているんだ？

慌てて奏先輩の顔を見るとほほ笑みかけられ、また一気に頭が混乱する俺。

「か、か、か、奏先輩は関係ないっすよ」

「なんで私に敬語なのよアンタ」

葉月がジト目で俺を見る。

「また変なこと考えてるんでしょ。私が入部したらアンタが奏先輩の水着盗んだりとかしないように見張ってあげるから」

そんなことしねーよ！

葉月と一緒にいたら、奏先輩と過ごすスイートな日々なんて絶対に訪れるわけがない。

急に葉月の存在が頭の中で肥大化して、水泳部入部への情熱はまたも沈静化してしまった。

「耕哉《こうや》と奏先輩が健全に仲良くなれるように私が手伝ってあげないこともないし」

勝手に話を進めるのは葉月の悪いところだ。

葉月《はづき》は昔からこうだ。ときどき一緒に食べる昼飯のメニューはもちろん、互いの家族で行う合同旅行の行き先。服を買いに行けば、俺の服すら葉月が決めてきた。

「俺は入らないって。大体、なんで俺がお前と一緒に部活しなきゃいけないんだよ。いくら奏《かなで》先輩と一緒でも、落ち着いて考えたら葉月と一緒じゃ暗い未来しか見えないじゃないか」

「私と一緒だっていいじゃない！　それに私たち新入生の力で水泳部の未来を変えるのよ！」

先輩たちはうんうんと感慨深く頷《うなず》いている。いかん、皆確実に葉月の味方だぞ。

「お前がいたらなんとかできるものも、できないっての。大体なんで家が隣同士で、同じ学校通って席は隣同士。そのうえ、部活でまでお前と一緒に過ごさなきゃいけないんだよ。おかしいだろ常考《じようこう》」

「んもうアホ耕哉《こうや》」

「んだと乳デカ女」

「まぁまぁ水泳部に入るかどうかは、じっくり考えてもらってからでいいから」

またケンカになるのかと、涼しい顔で仲裁に入る奏先輩。心が一瞬で平穏を取り戻す。

やっぱり奏先輩最高だろ。

いや、葉月を思い出せ。リメンバー葉月！

「うんうん。納得いく答えを自分で出してね」

千歳《ちとせ》先輩も続く。

「入部の相が出ているわ」

不敵にニヤリと笑みを浮かべる麻夢子《まゆこ》先輩。なんですかそれ、どこの占い師ですか。

こうして俺は一旦部室を後にして、後日入部するかを悩むことに――って部室のドアが開かない。

「あれ、ドアが開かないんですけど」

ガチャガチャとノブを回しても、押しても引いてもドアはビクともしない。

「あらあら、それは大変やねぇ」

心のこもっていない千歳先輩の言葉。

うんうん、困った困ったと棒読みの先輩二人。

前も思ってたけど棒読み下手すぎるだろ、先輩たち。

「どうなってるんですか？　なんとかしてくださいよ、先輩」

「まぁこんなこともあるから、ゆっくりしていって」

奏先輩が言うなり、段取り良く急に机とイスを用意し始める千歳先輩と麻夢子先輩。

こんなことって、一体どんなことなんですか。

促された机の上には紙が一枚置かれていた。

なんだこれ!?

紙の最上段には「入部届」と書かれている。その下には、俺の名前がすでに書きこまれており、所属部の欄《らん》には「水泳部」とでかでかとあった。

「ちょっ、なんですかこれ！　たった今、自分で納得いく答えを出してとか言ってたじゃないですか！」

「だから、今から納得するんやで」

千歳《ちとせ》先輩が冷たく言い放つ。

意味が分からない。

「ほらほら、立ってないで、座って座って」

奏《かなで》先輩が俺の腕を握って着席を促す。なされるがままに座る俺。

パイプイスがぎしりと音を立てると、今度はボールペンを握らされた。指先に感じる奏先輩の柔らかい手の温《ぬく》もり。かがんだ拍子にさらさらの奏先輩の髪が俺の頬《ほお》を撫《な》でた。一瞬異世界に旅立ちそうになったが、何とか踏みとどまる。

そんな場合じゃない。

「はい、じゃここにサインして」

気を取り直したのに、ハンコを押す欄にサインを求められていた。四角いマスの下には「サイン、拇印《ぼいん》も可」とある。

「い、いやいや、そ、それは無理でござるよ……」

ござるってなんだよ。それでもなんとか絞り出した抵抗の言葉。

「じゃ、拇印がいい？　千歳ちゃん、朱肉持ってくるでござるよ」

そういう意味じゃない！　しかも、何で奏先輩まで侍口調に。

あらかじめ用意していたかのごとく、一瞬で朱肉が机の上に置かれた。

よく訓練されているかのような手際だった。

「ちょっと千歳ちゃん、耕哉《こうや》君の身体押さえてて！」

言うやいなや、俺の身体はがっちりホールドされ、麻夢子《まゆこ》先輩が俺のわき腹をくすぐる。

「ちょっ！　わき腹は弱いんです……あっはっはは、ひゃはははははは」

堪《こら》えきれずに盛大に笑いだす俺。ひーひー言って、力の抜けた俺の手首をつかんで、朱肉に指を押しつけようとする奏先輩。

反射的に手のひらをグーに握りしめる俺。

「だ、だ、だから無理ですって」

「手をほどいてください～！」

手首を握る奏先輩の力が強まる。

しかし、ここで手を開いては、向こう三年間の高校生活が決まってしまう。こうなったら俺も必死だ。

しばしの攻防が続いたが、諦《あきら》めたのか、

「もうええわ、一旦休憩」

と、千歳《ちとせ》先輩が言った。

俺と先輩三人は、はーはーと、肩で息をしている。

葉月《はづき》はどうした？　と横を見る。

すると葉月は、俺たちを見てゲラゲラ笑っていた。

実にいい笑顔である。

クソア！

「な、なんで、こんな必死なんですか、先輩たちは……」

息も絶え絶えで聞いた俺。

「そ、それは入部してからのお楽しみや……」

何が先輩たちをここまで駆り立てるんだろう。しかし、こうなってくるとこれから先に暗い未来しか思い浮かばない俺は意地でも入部したくない。

俺は先輩たちが立ち直るまでの隙《すき》に、必死でドアを開けようと頑張るが、ドアは固く閉ざされたまま。

「無理やで。暗証番号を入力せーへんと絶対に開かへんから」

よく見れば、ドアの横には数字を入力するためのタッチキーが付いている。

「パパに頼んで、核攻撃にも耐えられる頑丈なドアにしてもらったの」

なぜ部室にそんなドアが……。

「麻夢子《まゆこ》ちゃんのお父さんは大きな商社の社長さんなのよ。だから、この日に備えて部室のドアを交換してもらったの」

マジかよ、そういえば大府財閥《おおぶざいばつ》って日本でも有数の金持ち一家があったような。道理で麻夢子先輩からはお嬢様オーラがプンプンするわけだ。

いやそういうことじゃない。しかも「この日」ってどういう意味だよ！

朗《ほが》らかな笑顔で「いえーい」とピースしている麻夢子先輩。

なんとも堂に入った姿だった。

おかしいよ、絶対！


と、急に部屋の明かりが消えて暗闇になった。

「な、なんですか⁉　何が始まるんです⁉」

俺が混乱して声を上げた瞬間、ぱしっと白い明かりが灯《とも》った。

目に入るのは、部室の壁一杯に広がったスクリーン。

間髪入れずに何かがスクリーン一杯に大写しになる。見覚えのある校舎の映像、俺のクラスがある棟を少し離れたところから撮影したシーンから映像は始まった。

カメラがズームすると小さな窓がぐんぐん近づき、窓枠の中には人影が二つ。彼らは大ぶりのいかにもな双眼鏡を目に押しつけ、文字通り鼻の下を伸ばしながら目線の先に少しでも近づこうと身を乗り出していた。

邪《よこしま》な欲に駆られて興奮しているのか、身体は揺れている。

キモイなコイツ……誰だよ……。


って俺じゃねーか!!


スクリーンの横では、奏《かなで》先輩がニコニコと優しい笑顔で俺を見守っている。

もう俺、穴があったら入りたいです。いっそ地震の避難訓練みたいに机の下に潜りこもうかと思うくらい。

そんな少し前の自らの姿の情けなさに死にたくなっていると、耳に激痛が走る。

「痛いタイタイ! 耳が取れるっての!!」

「マジで、耕哉《こうや》サイテー!!」

葉月《はづき》が俺の耳を引っ張りながら耳元で怒鳴った。

いつもならとりあえず抵抗するものの、今回ばかりは何も言えない。

本当、自分で自分が悲しい。

映像が終わるとリピートが始まる。

再び大写しになる俺ののぞきシーン。

ああ、いっそ殺してくれ……。

「これは独り言なんだけど。わたしたち、男子の新入部員が欲しいのよねぇ」

部屋の明かりがつくと、わざとらしく横を向きながら奏先輩が言っている。独り言なんだけど、と注釈をいちいちつけて言う人を現実で初めて見た。

「わたし、ドジだから動画の入ったメモリーカードを職員室に落としてしまうかも。そうしたら、偶然先生が拾って大事な資料の入ったメモリーカードと間違えて、会議中にスクリーンで大写ししちゃうかも……」

そんなことが偶然起こるわけない！

どう考えても奏先輩が故意にやろうとしてる……。可愛《かわい》い顔をしてなんて残酷な人なんだ。

「のぞきは犯罪やからねぇ。多分退学処分になるんやろうね」

千歳《ちとせ》先輩が親切にもそう言ってくれた。

優しさで人は殺せるんだなあ……

「ほんの出来心なんです……。お願いですから、許してください」

涙目の俺。女子からモテなくてもせめて高校は卒業したいよ、俺は。大体入学後一ヵ月足らずで退学なんて悲しすぎる。

「でも、わたしがこのメモリーカードを職員室に放置しないで済む方法がひとつだけあるわ」

自分で職員室にメモカ持っていくつもりって認めてるし！

「方法って!?」

もう答えは分かりきってるけど一応聞いとこう。万が一ってこともあるしな。

「耕哉《こうや》君が水泳部に入部することよ」

うん。予想通り。もう奏《かなで》先輩の声のトーンまで予想通りだった。

「残念ながら、耕哉君にはその道しか残されてないの」

麻夢子《まゆこ》先輩が眉《まゆ》をハの字にひそめて、同情している風の表情を作りながら言った。絶対、同情とか微塵《みじん》も思ってない。

「まぁ生贄《いけにえ》みたいなもんやな」

もう終わったことのように千歳《ちとせ》先輩は明るいトーンだった。

「じゃ、サインしてな」

もう通過儀礼は終わったとばかりに奏先輩に促され、サインをする――と見せかけた瞬間、俺はメモリーカードが奏先輩の手を離れて、机に置かれる瞬間を見逃さなかった。

「ちょ、ちょっと！　何してるのよ耕哉君!!」

先輩たちが慌てるより先にメモリーカードを素早く床に落とし、全体重をかけて踏みつける。

やった！　証拠《しょうこ》は消えた！

格闘ゲームで勝利したときのように「ＹＯＵ　ＷＩＮ！」と機械的なボイスが聞こえた気がした。

俺は自由だ！

「これで証拠はなくなりましたよ……先輩方」

少し乱れた息を整えながら、得意げになる俺。

動画さえなければこっちのもんだ。

脅《おど》す材料がなければ監禁も無意味だし、やがて解放されるだろう。

「こんなことしてただで済むと思ってるの？」

奏先輩がヘソを曲げたような表情を浮かべる。ちょっと手荒かったと思うが、これればかりは仕方ない。

俺の表情を見てとったのか、小さくため息をつく奏先輩。

すると、再び部屋が暗転。

次の瞬間スクリーンに映ったのは、喜多学《きたがく》の制服を着た男子が喜多学女子の豊かな乳房、つまりおっぱいを服の上から揉《も》みしだいている写真だった。

豊満な乳房に指先がめりこみ、おっぱいを鷲掴《わしづか》みにしながら、揉んでいる男子は今にもよだれを垂らしそうなほどにゆるんだ顔で、恍惚《こうこつ》の笑みを浮かべている。

まったくいや、同じ男子同じ性別オスとして、こんなのと同じ生き物だと思うと情けないよ、俺は……。

って、これもあのときの俺じゃねーかよ!!

バゴッ！　バゴッ！　バゴッ！


ふいに質量を伴った打撃が全身を襲った。

衝撃に思わず身体ごともっていかれ、床に倒れこむ俺。

息ができなくなりながらもかろうじて薄目を開けると、毛を逆立てた怒りの形相の葉月《はづき》が、先ほどの打撃で歪《ゆが》んだのだろうパイプイスを持って、さらに次の打撃準備の姿勢に入っている。

お前はプロレスラーか。

この姿を写真に収めたら現行犯逮捕で。

そんなことを思いつつも、意識が遠のく中で、昔見た七つ集めればどんな願いでも叶《かな》うというボールを巡ってバトルを繰り広げる少年マンガが走馬灯のように頭を駆け巡る。今の葉月は戦闘民族の戦闘力が上昇した姿にそっくりだ。今にも「ゴゴゴゴ」とか聞こえてきそうな「気」を感じる。

バゴッ！　バゴッ！

「アンタ！　ホントに何してんのよ！　バカ！　バカ！」

リズム良くパイプイスが振り下ろされ意識を繋《つな》いだ俺。

「何もしてないです。許してください……」

何もしてないことないけど、思わずそう言ってしまう。

「その辺でええんじゃやないの」

千歳《ちとせ》先輩が止めに入って、ようやく俺への攻撃は終了した。

そうじゃなきゃ、ずっと葉月のターンだった。

「もういいでしょう」

麻夢子《まゆこ》先輩が「おっぱい揉《も》みスキャンダル写真」が表示された携帯電話を手に低い声で。

どこの黄門様だよ。

でも、「ははー」と言いたくなるから不思議。

「耕哉《こうや》君にはホントに困ったわねぇ。これって立派な痴漢よ。しかもイスまで壊しちゃったし……。学校に知られたら退学どころじゃ、済まないわよ」

奏《かなで》先輩が静かに諭《さと》すように口を開いた。

明らかに、深く、そして広がった傷口に塩を擦りこまれているかのようにピンチの局面が、胸の鼓動を高鳴らせる。燃えてきたぜ……とはならない、決して。って、パイプイスを壊したのは葉月《はづき》だろ。

すっかり体育館裏の出来事を忘れていた。

女の子に密室で囲まれて、俺の判断能力や記憶能力は著《いちじる》しく低下しているようだ。

「大体、メモリーカードを壊したくらいでなんとかなるわけないやん。動画も写真も全部サーバーにバックアップされてるねん」

ＯＨ……。

冷たく言い放たれた千歳《ちとせ》先輩の関西弁が胸に刺さる。

考えてもみれば、そうですよねーという感じだ。だが、わずかな望みに掛けた俺の姿勢は評価されてしかるべきだろう。結果はさっきより悪くなってる気もするけど。

「そうそう。パパに頼んで用意してもらった海外のサーバーにデータは保管されてるから、きっとＦＢＩでもハッキングできないはずですから」

麻夢子《まゆこ》先輩はニヤニヤ。ＦＢＩがどうとか分からないけど、なんとなく凄《すご》いってことは分かる。

「でも、うら若き女の貞操を守るためにも、ニホニホ動画ですべて配信するしかないわね……」

本当はしたくないんだけど、という風を装ったテンションの奏《かなで》先輩。

さすがにもう分かってますよ……。

ニホニホ動画とは、ユーザー同士が動画をアップロード＆視聴できる人気ウェブサイトだ。

他人に迷惑を掛けている動画がアップ＆視聴されると、否定的なコメントが集まる。

そういった場合、大抵は彼らが所属する会社や学校などに連絡がいったりして、相応の社会的制裁を受けるのが通例だ。

って俺もそのルートの仲間入りじゃないですか!!

「お願いします……アップロードしないでください。ニホニホだけは勘弁してください……。本当にごめんなさい……」

さっきの動画と画像が広大なネットの海に放流されたら、その動画には間違いなく「俺の人生終了のお知らせ」のタグが貼られてしまう。

とにかく心から誠意を見せて謝るしかない。

ならば、ここは日本のトラディショナルスタイルで、最上級の謝罪姿勢であるＴＨＥ　ＤＯＧＥＺＡが最適かつ唯一の選択肢、か……。

恥を理解して身体が動かなくなる前に「正座」「手をつく」「頭を床につける」と一連の動作を素早く行い、「申し訳ありませんでした……」とうつむいたまま可能な限り深刻な感じで口にすることが肝だ。痴漢とのぞきがバレて土下座とか、死んだ爺《じい》ちゃんが見たら泣くな……ごめんよ爺ちゃん。

「頭を上げて。わたしたちが欲しいのは謝罪の言葉や態度なんかじゃないの。すまないと思う気持ちがあるならなんだってできるわ。例えば、その紙にサインすることとかね。簡単なことでしょ、耕哉《こうや》君？」

しゃがみながら顔を覗《のぞ》きこむ奏《かなで》先輩。言葉の最後にはウインク付き。うん、土下座の効果はまったくなかったみたい。

むしろこんなに可愛《かわい》い先輩が有名マンガの悪役みたいな表情をしていることに驚く。

もうどうにでもなーれ！

もはや、一寸たりとも逃げ道がないのは明らかなので、俺は無言でサインした。それも開き直って大きな字で堂々と。

記入が終わるとせいせいした気分だ。「やってやったぜ！」と、よく分からない達成感がこみ上げる。

目を細めて満面の笑みの奏先輩、小さくガッツポーズをしている千歳《ちとせ》先輩、優しいほほ笑みの麻夢子《まゆこ》先輩。

こう見るとみんなそれぞれの可愛らしさに溢《あふ》れている。

「入部おめでとう。改めてよろしくね、耕哉君」

満面の笑みで奏先輩から握手を求められた。

千歳先輩、麻夢子先輩も続く。

思いのほか優しい歓迎姿勢が少し怖い。

「いやー。一仕事終えた後の一杯は美味《おい》しいわぁ」

プハーと言わんばかりに、先輩たち三人は備えつけの冷蔵庫から取り出したジュースを飲み始める。

紙コップを渡される俺と葉月《はづき》。注がれたオレンジジュースはいつもより甘く感じた。ぐいっと一気飲みすると奏先輩と目が合う。

「本当にありがとうね、耕哉君」

笑顔の奏先輩。嬉《うれ》しそうな彼女を見ていると、これでもいいのかな、と一瞬思ってしまう。

「で、なぜここまでして俺を水泳部に入れたかったんですか？」

俺は一連の流れでずっと感じていた疑問をようやく口にした。

「色々あるのよ、わたしたちにも」

含みのある笑みの奏先輩。

「そう、色々あるねん」

「いろいろいろいろねってお菓子でしたっけ？」

千歳先輩と麻夢子先輩も同じことを繰り返す。麻夢子先輩のはちょっと違うけど。

そういえばそんなお菓子があったっけ。水を入れて粉を練り合わせると色が変わったりする甘いお菓子だったような。

「結局入部することになるんだから、アンタも大人しく入れば、よかったのに」

小バカにしたようなトーンの葉月《はづき》。

でも心なしかどこかホッとした感じで嬉《うれ》しそうだった。

▲

「とりあえず改めてよろしくね。改めてって言うの二回目だけどさ」

学園からの帰り道で、前を向いたまま葉月。

「あぁ、もうどうにもならないしな。お前も入部するんだろ？」

「うん。さっき帰り際に入部届け出してきちゃった」

「お前と部活でも一緒なんてひどい話だよ、本当に。コーラにさらに砂糖を入れたような高校生活になりそうだよ」

「砂糖ならいいじゃない。ほ、ほら甘いし」

「クドいって言いたいんだよ、俺は」

「私のどこがクドいって言うのよ！」

スクールバッグを俺の背中に振り回すようにぶつける。

「いって。部活でもお前に殴られると思うと、先が思いやられるぜ……」

「アンタが変なことしなきゃいいのよ。あ、部活で先輩たちにまた変なことしたら承知しないから！　特に奏《かなで》先輩」

「しねーよ。大体あれは俺は悪くないんだ」

「人のせいにしないの。動画も写真も本当にひどかったし。ただでさえマヌケなアンタのアホ面がさらに強調されてたわよ」

「うるせぇよ。だけど、なんで先輩たちは俺を水泳部に入れるために、やっきだったんだろうな」

「さぁ。いろいろあるんじゃないの？」

「なんだよ、色々って」

「私たちには分からないこともあるってことよ。それに人生は理不尽なこともあるのよ」

「ずいぶん達観してんなお前。老けたんじゃないか？」

「老けたって失礼ね！　バカ！」

再びカバンを振り回す葉月。

そう何度も同じ手はくわない。今度は素早く避ける。

俺たち二人と傍《そば》の信号機が、沈みかけた夕日に照らされて長い影を作っている。

ふと幼い頃に葉月と行ったおつかいを思い出す。確かあのときも、こんな風に二人の影が伸びてたっけ。一緒の高校に通って、さらに部活でまでずっと葉月と一緒なんてやれやれだ。

こうして俺は見事に先輩たちの色仕掛けにまんまとはまってしまって、半ば強制的に水泳部への入部が決定した。

先輩たちはいいとして葉月《はづき》という悩みの種もセットだけど。

女子率の高すぎる水泳部で色仕掛けに負けた俺

第3レーン

邪悪な笑顔の入部歓迎会

「ということで、新入部員も入ったことですし、歓迎会をしましょう」

「さんせー」

奏《かなで》先輩の提案に賛同する千歳《ちとせ》先輩と麻夢子《まゆこ》先輩。ニコニコしながら音を立てずに拍手をする葉月《はづき》。

なんだか、「いかにも部活」って感じ。

入部日こそ無理やりな入部戦略に納得できなかったが、数日も経《た》つとある種の割り切りというか、「まぁいいか」という気になっていた。

主な理由は奏先輩。彼女と一緒にいられると思えば、葉月がいても我慢できる。

で、ゆうべ寝る前に奏先輩から携帯で呼び出されて、今日も水泳部の部室にいる俺。

俺の携帯には、母親と葉月しか女子の登録がなかっただけに、新たに追加された憧《あこが》れの先輩から電話が掛かってきたとなれば、キョドって何も言えなかったのはしょうがない。

いわば逆無言電話。まぁ色々察してくれて、後で集合時間やらをメールで送ってくれたけど。

うん、胸を張って言えることじゃないね。

「あの、歓迎会ってどういうことをするんですか？」

喜び勇んで駆けつけたんだけど、部室はいつもとまったく変わらない。てっきり、部室が歓迎会仕様になってて、「新入生入部おめでとう！」みたいな感じで、クラッカーを鳴らされるのかと思いこんでたよ、俺は。

部屋中に新聞広告を丸めて作った鎖を張り巡らせたり、机にテーブルクロスを敷いたり、そんなイメージだった。

そうなってないってことは、きっとファミレスかどこかに移動して親睦《しんぼく》を深める予定なんだろう。奏先輩と食事できるなんて幸せだ。

そういう気持ちで奏先輩の返答を待った。

「え？　プール掃除に決まってるじゃない……」

あっけらかんとした奏先輩。

え⁉

「水泳部の入部歓迎会といえば、もちろんプール掃除でしょ」

なんでそんなことも分からないのという表情だった。

そんなの聞いたことないですよ……。

奏先輩がぐるりと見渡すと、皆頷《うなず》いている。

歓迎会といえば「飲み食いしつつ和やかな感じで仲良くなる場」じゃないんですか！

プール掃除の重労働っぷりは俺もよく知っている。重い掃除用具、終わりが見えないプールの底磨き。毎日ハードに練習していた俺ですら、翌日は筋肉痛に悩まされた。

じー。

大きな瞳《ひとみ》で見つめられる。

ですよね……。歓迎会と言えばプール掃除ですよね……。

「プール掃除って自分たちでやるんですか？」

黙って聞いていた葉月《はづき》が奏《かなで》先輩に質問する。

ナイスだぞ葉月。

「昔は業者さんに頼んでいたけどね。部費は部員の数で決まるから、今の部員数じゃプール掃除を頼むだけのお金の余裕はないの。去年までは先輩がいたから、何とかぎりぎり業者さんに頼めたけどね」

困ったわという表情の奏先輩。

確かに女の子三人のプール掃除は少しばかり無理がある。


こうして、俺の（あえて「俺と葉月」とは言いたくない）入部歓迎会はプール掃除という素晴らしいプランに決定した。

まぁ一応水泳部だしな。自分たちが所属する部活のスペースを掃除するのは、当然と言えば当然か。

そう思うことにしよう。

▲

「ううっ、マジできつい……」

両手にバケツと洗剤類、さらに何本も束ねたデッキブラシを担いでいる俺。

肩に食いこむ重量に思わず、声が漏れる。

「じゃ耕哉《こうや》君、掃除道具持ってきてね♪」なんて奏先輩は軽く言ったけど、これが中々どうして重労働だった。

明日のプール掃除に備えて、事前に掃除用具を用具庫から持ってくる命を奏先輩から受けた。女の子には重いだろうから、ここは男の俺の出番って訳だ。

プールに戻ると皆が俺に駆け寄ってくる。

「おかえりー、耕哉君！　ありがとうね」

でも、奏先輩にこんなこと言われると、疲れも身体の痛みも一瞬で吹っ飛んでしまう。

「ほんま男の子がいると違うわぁ」

「耕哉君が入部してくれて本当によかったです」

と、千歳《ちとせ》先輩、麻夢子《まゆこ》先輩。

「アンタも役に立つことがあるのね」

珍しく葉月《はづき》からお褒《ほ》めの言葉を頂戴《ちょうだい》した。

ありがたき幸せ。

プールサイドに掃除道具を並べ終わると準備は完了だ。

「明日は頑張りましょうね」

と、奏《かなで》先輩が俺達に冷えたペットボトルを手渡して言った。

汗ばんだ額をシャツの袖《そで》で拭《ぬぐ》ってスポーツドリンクを飲めば、キンキンに冷えたブドウ糖溶液が喉《のど》に染み渡る。

美味《うま》い。生き返る。

傍《そば》では先輩たちと葉月が掃除道具を囲んで、明日の掃除のことや俺がいて、いかに助かったかを話している。これまでに体験したことのない充実感がこみ上げ、何だか自分に少しだけ自信がついた気分。

「ほんまに男の子が入ってくれてよかったわぁ。苦労して入部させたかいがあったよね」

千歳《ちとせ》先輩が、うんしょとバケツを持ち上げる。うんうん……って、えぇ？

まぁ確かに「入部させられた感」はあるけど。

「もし男子が入らなかったら廃部だったもんね、わたしたちの部活」

安堵《あんど》の表情の奏先輩。どんな感情のときも可愛《かわい》いぜ……。

って、廃部って何のこと？

思わず奏先輩のほうを見ると、口を手で押さえて「あっ」と小さく声を漏らした。

それっきり何も言ってくれなかった。

千歳先輩、麻夢子《まゆこ》先輩を見ても目をそらされる。麻夢子先輩にいたっては鼻歌を歌い始めてるし。

意味が分からない。

葉月も視線を合わせようとしない。一体どうなっているんだ？

「あの……廃部ってどういうことですか？」

俺が口を開くと鼻歌がやみ、しばしの沈黙に包まれる。

「あはは。えっとね、色々あるのよ、色々……」

焦るように笑いだす千歳先輩。他の三人も続いて「あはは」とウソ臭い笑い声。

「笑って誤魔化《ごまか》さないでくださいよ!!」

みんな確実に何か隠している。

歯切れの悪いやり取りに納得できず、俺だけ仲間はずれにされているような感じ。

再びしばしの沈黙が訪れる。

天井を見上げたり、指先を絡ませるようにもじもじしたり、かと思えば頬《ほお》に手を当てて考えこんだり、奏先輩は短い間に色んな動きを繰り返す。

そして、ようやく重い口を開いた。

「えっとね、実はわたしたちの水泳部は廃部の危機だったのよ……。ほら、今年からわたしたちの学校は共学になったでしょ？」

たしかにその通りだった。だけど、それが部活と関係あるとは思えない。

特に説明されたこともなかったしな。

「え、えぇ。それが廃部となんの関係があるんですか？」

「学園の理事会が部活を仕分けするって決めたのよ。簡単に言えば、活動実績のとぼしい部活は共学化を区切りに廃部にしましょうって話やねん」

今度は千歳《ちとせ》先輩がマジメな顔で淡々と説明を始める

「活動実績？」

「そう。大会に出たり、練習したり。そんな普通の活動を私たちが怠《おこた》ったツケが回って、水泳部は廃部の対象になってん」

「ははぁ……」

なんだか明るい話ではなさそうだ。

「で、廃部を免れるためには〝男女が共に行う部活動実績〟を半期で三回行う必要があるって通達があったの」

「男女が共に行う部活動実績？」

「うん。つまり男子部員が入部して、部活らしい活動を一緒にするってことやねん。今回のプール掃除もその一環」

「そう。貴重な男子生徒の中で水泳に造形の深い生徒として耕哉《こうや》君、キミが栄誉ある男子部員に選ばれたのですよ」

麻夢子《まゆこ》先輩が最後にキメる。

いやいやいや、そんなドヤ顔してもダメでしょ。

「まさか、のぞきの件も……？」

あまり聞きたくなかったけど、確かめずにはいられなかった。

「ごめんね。あれは奏《かなで》と申し合わせたことやねん。双眼鏡も葉月《はづき》ちゃんに無理を言って教室に置いてもらって……。まさかあんなに上手《うま》くいくとは思わなかったけど」

千歳先輩から衝撃発表。今から考えれば、あの双眼鏡は不自然すぎた。

使っちゃった俺もどうかしてた。いや、奏先輩の魔力がそうさせたんだけど。

って葉月……お前もグルだったのか。

そう思って葉月の顔を見ると、申し訳なさそうな顔をしている。

自分の情けなさと、身近な存在である葉月にハメられたという事実に、がっくりうな垂れる。

「わたしたちもこんなやり方が正しいとは思ってないわ。だけど……」

「だけど？」

「皆の思い出が詰まった部活でもあるのよ」

奏《かなで》先輩の目は潤《うる》み、今にも涙がこぼれ落ちそう。

「ごめんな。ウチも黙っていて悪かった……」

頭を下げる千歳《ちとせ》先輩。

「耕哉《こうや》君の気持ちを利用したのは、卑怯《ひきょう》だったとウチも理解してる」

なぜ本人の前でそういうことを⁉

「でも、奏と一緒に過ごす時間は確実に増える。悪い話でもないと思うんやけど……」

言っていることが滅茶苦茶《めちゃくちゃ》な気もするけど……。

「わたしたちもこれまで通りって訳にはいかないって理解しているつもりなの」

奏先輩がこぶしに力を入れて語気を強める。

「耕哉君の善意の入部をムダにしないように、喜多学《きたがく》水泳部を復活させたいと思っているのよ！」

俺の手を取って懇願《こんがん》の表情。こういう顔されると弱いんだよなぁ。まして、奏先輩に。

善意っていうか半ば強制に近かったけどね。ただ、確かに俺を入部させるための作戦を思い出す限り、強い想いがあったのもウソではないのだろう。

「だからわたくしたちと一緒に頑張りましょ♡？」

しなを作って甘ったるい声の麻夢子《まゆこ》先輩。

なんだろう、あえて怒らせる方向なのかな？

「大体、葉月《はづき》。お前も一緒になってひどいぞ」

こういった遠回りなやり方や裏切るようなことはされたことがなかった。それだけに悲しみは大きい。

「ごめんね。でも――」

「でもってなんだよ。お前はそんなヤツじゃないと思ってたのに」

すると、葉月が近寄って耳元でささやいた。

「奏先輩のことが気になって仕方ないアンタのために、ひと肌脱いであげたのよ、私は」

「水泳部だけに脱いだんですよね」

「うふふっ」と息を漏らしながら笑う麻夢子先輩。

上手《うま》いこと言っても俺のもやもやは消えませんから！

「大体アンタだって入部して、まんざらじゃないんでしょ？　わざわざ双眼鏡まで使って奏先輩の着替えを覗《のぞ》くくらいだしぃ」

クッ……。

まさにその通りで、面と向かって言われると何も言い返せない。しかし、まったく悪びれるそぶりもない顔。ニヤニヤ上から目線の表情が腹立たしい。

「とりあえず今日は俺、帰ります。家でゆっくり考えさせてください」

もう自分で自分の気持ちがよく分からない。

俺はそのままひとり学園を後にした。

背中に奏《かなで》先輩の声が突き刺さるが、俺は振り向かない。振り向いたら思考が停止するから。

「明日待ってるから！」

▲

カーテンの隙間《すきま》から入りこむ朝日で目が覚めた。シーツの日に当たっているところがポカポカと暖かい。

春真っ盛り。いや夏も近いか。

「あぁ、今日はプール掃除の日か……」

ぼそりとひとりつぶやいてから、もう一度布団《ふとん》に潜りこむ。

だが、俺にはもう関係ない。

昨晩ゲームをしつつ、じっくり考えた末の結論は「部活にはもう参加しない」ということ。

奏先輩が可愛《かわい》いのは置いておくとして、みんなで俺を騙《だま》していたのがやっぱり納得いかない。

それに奏先輩の着替えのぞきの件や麻夢子《まゆこ》先輩おっぱい揉《も》み写真、それにパンチラ見せつけの件は、俺がやったにせよ誘導させられた結果だ。

よって被告人は無罪！ノットギルティ！

ということで、俺の入部は無効だ。

もし入部を取り下げられなかったとしても、あんな騙しで入部させるような部活になんて参加したくない。

水泳部には顔を出さず『自称帰宅部』になる覚悟だ。

奏先輩に会えないと思うと残念だけどな。俺は俺らしく草葉の陰で奏先輩を覗《のぞ》き、いや見守りますよ。

はぁ……。

「俺のリア充高校生活も早速バッドエンドを迎えたところで、昨晩のゲームの続きでもしますか」

背筋を伸ばすとチャイムが何度も鳴る。

朝っぱらからうるさいなぁ。どうせ葉月《はづき》だろ。

インターフォンの画面を見ると、魚眼レンズに歪《ゆが》んだ見慣れた制服姿と顔。

チャイムが通用しないと悟ると今度はドアを叩《たた》き始めた。

このまま放置したら、窓ガラスを割ってでも家に入ってきそうな勢い。

「なんだよお前」

とりあえずドアを開けると一瞬にして家に上がりこむ葉月。

「なんだって何よ。昨日言ったでしょ、今日はプール掃除の日。なんでまだ着替えてないのよ。

待ち合わせ時間に遅刻するわよ？」

「うるさいなぁ」

俺が頭をぼりぼりかきながら、自分の部屋に戻る。その後にべったりついてくる。

「うるさいって何よ。プール掃除行かないと、奏《かなで》先輩に嫌われちゃうわよ」

「もういいんだよ。俺には関係ないし」

「関係なくないでしょ！　耕哉《こうや》も水泳部なんだから」

「もう水泳部には参加しない。人を騙《だま》すようなマネして、入部させられたこっちの身にもなってくれよ」

目を合わせず、テレビとゲーム機の電源を入れる。

「話を聞きなさいって」

テレビを消す葉月《はづき》。

「お前もしつこいな」

いい加減イラっとしてくる俺。寝起きで不機嫌なのもあって、相手をする気にもならない。

「俺は水泳部には行かないの。プール掃除も行かないの」

「耕哉の分からずや！」

俺の腕を引っ張って部屋から連れ出そうとする。

いやいや、パジャマのまま連れていく気かよ。

パジャマの袖《そで》が伸びようがお構いなしに部屋に戻る俺。

葉月は「んんんーーっ」と声をあげて俺を引き戻そうとするが、ここは体格差の勝利。葉月の抵抗空《むな》しく俺はベッドの定位置に戻った。

ガキの頃とは違うのだよ葉月クン。

再びゲームの準備をしようとした瞬間、携帯が鳴る。

画面には「奏先輩」。

突然のことで思わず固まってしまう。これは想定してなかった。

「ちょっとアンタ、奏先輩からじゃない。無視はダメよ！」

俺から携帯を奪って勝手に出てしまう。

「ちょっ、お前なにしてんだよ！」

「ほら」と携帯を渡される。

意を決して、「俺はもう部活には行かないですよ」と言おうとしていた俺。

が、俺が口を開くより、先に奏先輩の声が耳に飛びこんできた。

「耕哉君は、どうしてわたしたちの水着を持ってるのかなぁ。盗んじゃダメだよー」

え、奏先輩何言ってるんすか。

「はい？」

身に覚えがないどころか、予想外の言葉すぎて思わず聞き返してしまう。

「だーかーらー、どうしてわたしたちの水着を持ち帰ったのかって聞いてるの」

「そんなことしてないですって。何かの勘違いですよ、きっと」

実際、まったく身に覚えがないからそう言うしかない。

「わたし見ちゃったのよ。昨日、帰る前に耕哉《こうや》君がバッグの中に水着を詰めこんでいるの……」

「だからそんなことしてないですって！　何意味の分からないこと言ってるんですか」

妄言にも程があるだろ。一体なんなんだ……。

さすがに付き合いきれないので電話を切ろうと、携帯を耳から離す。

その横目に通学カバンが目に入った。

半開きのファスナーからはみ出ている紺色の布地。

……。

…………。

なんだこれ……。

手を伸ばして引っ張ると、ベージュの裏地が縫《ぬ》いつけられた光沢のあるネイビーの布がずるりと出てくる。

思わず両手で持って広げると、胸の部分には「喜多《きた》学《がく》水泳部　瀬戸《せと》」とプリントされている。

うん、水着。裏返して確かめるけど、やっぱり水着。

そうか、この布に奏《かなで》先輩が収まっていたんだな……。

そう考えると妙な胸の高まりを感じる。

本能的に握りしめている水着を鼻もとに近づけようとする俺。

「ちょっとアンタ、なんでそんなもの持ってるのよ！」

あやうく大人の階段を上ってしまうところを、ボスッと枕で殴られ現実に引き戻される俺。

俺が聞きたいよ！

呆然《ぼうぜん》としている俺を尻目《しりめ》にバッグを漁《あさ》り始めた葉月《はづき》。

「千歳《ちとせ》先輩のも、麻夢子《まゆこ》先輩のもある……。こ、この、このド変態！」

怒鳴りながら、さらに発掘された二枚の水着を俺に投げつける。

ふたりの水着を取りながら、

「こ、こ、これはどういうことなんですか……」

携帯越しに奏先輩に問う。

「どうもこうもないわ。いくら欲しいからって水着盗んじゃ、ダメよね？」

「お、俺は何も知らないですよ……」

確かに欲しいかいらないかと聞かれたら欲しいけどさ。

「じゃ、どうしてそこに水着があるのかしら。詳しい言い訳は後で聞いてあげる。ところで今日はプール掃除には来ないの？　もし、来ないなら水着が盗まれて耕哉君の家で発見されたって学校に届けちゃうかも」

前みたいにとぼけた感じだけど、凄《すご》みがある声だった。

「行きますよ！　行けばいいんでしょ！」

もうヤケクソだ。何度目だこのパターン。

▲

俺たちが部室に到着すると、腕を組んだ先輩方が待ち構えていた。

「遅いじゃないの、耕哉《こうや》君」

びしっと俺たちの前に立ちふさがる奏《かなで》先輩。

「すみません……。ゲーム機が故障したもんで……」

とっさに思いついた言い訳を口にする俺。まったく遅刻の理由になっていないけど。

「本当は今日サボるつもりだったみたいですよ、耕哉は」

葉月《はづき》は俺の肩を両手で掴んで、先輩たちの前に突き出す。

「い、いや、サボるなんてめっそうもない」

「ふーん。で、何で耕哉君はわたしたちの水着を持って帰っちゃったのかな？」

「俺には分からないっす……」

「分からないではすまへんよ！　水着が勝手に歩いて耕哉君のカバンの中に入ったの？　それとも無意識のうちに盗んでたの？」

千歳《ちとせ》先輩がガンを飛ばしてくる。

「き、きっと、誰かが俺のカバンに入れたんです……」

「小人さんが入れたんですよね、きっと」

麻夢子《まゆこ》先輩が「ね？　そうなんだよね？」という表情で言う。

小人って言うか、多分葉月に決まってる。

思わず葉月をにらみつけてしまう。

「私がそんなことする訳ないじゃないの！」

しらじらしく否定するが、あからさまに目が泳いでいる。

「今朝来たときに水着を俺のカバンに入れたってことだろ。昨日の晩はカバンになかったし」

「昨日の晩はどうか知らないけど、とりあえずわたしたちの水着は耕哉君の家にあったの。その事実は変わらないのよ」

奏先輩が俺たちの掛けあいをたしなめる。

確かにそうですけど……。

「そうそう。耕哉君がプール掃除をサボったときに備えて、葉月ちゃんにみんなの水着を預けておいて、耕哉君が盗んだことにして脅《おど》しましょう、なんてわたくしたちは考えなかったですしー」

麻夢子《まゆこ》先輩はパックのジュースをストローでちゅーちゅー吸っている。

うん。これが事実なんだろうな。うんうん。

っておい！

「大体なんの証拠《しょうこ》があるって言うのよ」

「たった今、麻夢子先輩が言ってたじゃないですか！」

「そんなのただの憶測や可能性でしょ。証拠じゃないし」

う……。確かに何の根拠も裏付けもない。

言葉はもう出なかった。

「疑わしきは罰せず、やで。変態さん」

千歳《ちとせ》先輩が盗まれた、もとい葉月《はづき》がこっそり入れた、水着を手に取りながらニヤリとする。

「ということで、耕哉《こうや》君がわたしたちの水着を盗んだの。いい？」

よ、よくないです！

奏《かな》裁判長《で》からジャッジメントがくだり、俺以外のみんなが「御意」という表情で頷《うなず》く。

ひとりの反対を残して、可決された瞬間だった。

パーフェクトに俺がやったことになっている。冤罪《えんざい》にも程があるだろ。

己の不幸さと無念さに目を閉じて天を仰ぐ。

そうしないと涙がこぼれ落ちそうだ。

ガラガラと音がしたのにあわせて、目を開くと見覚えのある机とイスが部室の隅から運ばれてくる。机の上には一枚の紙とボールペン。紙には「反省文」とあった。

「はい。今からわたしが言うことをそこの紙に書いてね。そうしたら許してあげる♪」

カンペのようなメモ紙を手にしながら奏先輩が嬉《うれ》しそうに言った。

「僕は水泳部の皆さんの水着を、イヤらしい目的で使うために盗みました。本当にごめんなさい。僕は変態です。もう二度としません。反省の態度を示すため、二度と部活行事を僕はサボりません。もしサボったら、退学を含むあらゆる処分を受ける覚悟です」

やっていないことを、やったと強制的に自分で肯定しなければならないほど、悲しいことはない。屈辱《くつじょく》に身体が震える。

クソア！

だいたい「イヤらしい目的」ってくだりはいらないですよね！　しかも変態と部活に何の関係があるっていうんだ。

「えっと、イヤらしい目的ってなあに？　麻夢子ちゃん」

「ほら、頭にかぶったりとかでしょう」

「きゃー、気持ち悪い！」

奏先輩と麻夢子先輩がこそこそ話している。

そのぐらいのニュアンスだったのか、もっと違うことを考えてた自分が恥ずかしい。

ひとまず反省文を書き終えた俺。これ以上言い争う気にもならないので、自分から署名もさらさらと書き加える。

もうなんでもいいや。何言ってももうムダだし。

なんていうか、着々と外堀が埋められているって感じる。

もう痴漢でも変態でも、なんでもいいですよ。

いや、よくないけど。

▲

プールの水抜きがはじまると、ゆっくりゆっくりとプールの内側があらわになる。

底や壁に見ただけで、ヌメヌメ感の伝わる光沢を帯びた藻《も》がたくさんへばりついている。

「……うわぁ。これは骨が折れそう」

中学時代にもプール掃除の経験はあったけど、以前のプールは二十五メートルだった。喜多《きた》学《がく》のプールは五十メートルで、さらにレーン数も多いから、どう考えても掃除に掛かる労力は単純に倍以上だ。

「ワカメみたいだね」

これから始まる作業に俺が途方に暮れていると、奏《かなで》先輩はのんきな顔をして指で藻をすくっている。

「じゃ食べますか？」

「耕哉《こうや》君が毒見してくれるならね」

「……やめときます。しかし、これどうやって藻を剥《は》ぎ取りましょうかね」

泥汚れやゴミの類《たぐい》であれば、ブラシで磨いたり水で流せばある程度綺麗《きれい》になる。だけど粘着性の高い藻はブラシに絡みついたり、排水溝に流そうにも詰まったりして厄介だ。

中学時代には集めて捨てていたが……。

「チリトリで集めましょうか」

「賛成。落ち葉集め用の大きなチリトリが用具庫にあるはずだから――」

葉月《はづき》のアイデアに千歳《ちとせ》先輩が賛同する。

うん、それがいいんじゃないかな。

って、何で俺を見てるんだ。

四人が「じろじろ」と声に出しそうな顔で俺を見つめている。

視線が痛い。そして視線に押し出されて身体が勝手に動く。

「分かりましたよ！　取りに行けばいいんでしょ。取りに行けば！」

負け犬のように捨て台詞《ぜりふ》を残して、俺は昨日に引き続き用具庫へ向かった。いっそのこと昨日持ってきておけばよかったな。

「ほんと耕哉《こうや》君って頼りになる！」

「大好きやで耕哉君！」

「さすが！」

そんな白々しく棒読みになった言葉を背中で受け止めながら。


チリトリを担いでプールサイドに持ち帰ると、みんなは部室に集合していた。

「先輩たち、サボらないでくださいよ」

ドアを開けると麻夢子《まゆこ》先輩が、皆に何かを配っている。

「あっ丁度いいところに戻ってきた。はいっ、これ耕哉《こうや》君の」

「なんですかコレ」

半透明のビニール袋を渡される。

「水着よ。ほら、プール掃除って服が汚れちゃうでしょ。だから汚れても気にならないように新しい水着を持ってきたのよ」

続いて葉月《はづき》にも。

「麻夢子先輩っ、ありがとうございます！」

早速広げて嬉《うれ》しそう。赤地に青いラインの入った、一見競泳用風の水着。

「ううん、丁度パパの会社で新製品の水着を開発してて、ウチに試作品があったから。気にせず使ってくださいな」

さすが富豪、おっぱいが大きい、いや太っ腹だ。

俺が渡されたのは、カラーは女子用と同じでヒザまで覆うスパッツタイプ。なかなかカッコイイじゃないか。

プール掃除って結構服が汚れるし、かといって普段使う水着で掃除しても汚れは染みこんで中々落ちないしな。

水着が全員の手に渡ったところで、じゃ着替えようか、と皆で着替え始めた。

おもむろに制服の上着を脱ぎ始める奏《かなで》先輩。

え⁉

ここで着替えるんですか⁉

言葉を失っている間に、リボンをほどき、シャツのボタンを外し――。

見とれていると、千歳《ちとせ》先輩も麻夢子先輩も着替えを始めていた。

「何やってるんですか、先輩たちっ！」

葉月の怒鳴り声が部室に響き渡り、三人の手が止まる。

「どうしたの？　葉月ちゃんって……あ、そういえば更衣室のこと言い忘れてたわね」

奏《かなで》先輩はきょとんとした表情。

「このプールに更衣室はないから」

なん……だと……!?

更衣室のないプールなんて聞いた事もないぞ。

「正確には『ない』じゃなくて『使えない』かな」

千歳《ちとせ》先輩が脱いだ制服の上着をハンガーに掛けて、説明を始めた。

「この部室の裏が更衣室だった場所なんだけど、わたしたちがろくに水泳部として活動しないから別にいいよねって。体育倉庫の代わりになってるのよ、今は」

「そうそう、だから更衣室の中はぐっちゃぐっちゃで足の踏み場もないの。かといって中のものを勝手に捨てられないですし。何が入っていましたっけ」

麻夢子《まゆこ》先輩が記憶を辿るようにして首をかしげる。すぐには出てこないみたいだ。

「ってことでわたしたちはいつも今いる部室で着替えてるのよ」

奏先輩が俺の目なんて意に介さないかのように、着替えを続ける。

そういえば教室から双眼鏡で見た場所は位置的に部室だったか。

「いやいやいや、待ってくださいよ！　耕哉《こうや》はどうするんですか！」

一人だけ騒ぎ続ける葉月《はづき》をよそに、着替えはどんどん進む。

俺はこういうとき、なんて言えばいいんだ？

「いいじゃない、減るもんじゃないし」

何を言っているんだという表情の奏先輩。

なんというか、女の子のことは良く分からないと自覚している俺ですら、先輩たちの対応は何かが違うと思う。

普通はこういうときは、「男子には着替えを見られたくないから――」とか言うもんじゃないの？

この間ネットで見た動画「盗○女子更衣室　見つかった流れで×××」では、着替えを覗《のぞ》かれた女の子は悲鳴をあげたり、「きゃーっ、エッチ！」とか言ってたぞ。

「大体、ウチたちは耕哉君にパンツ見せちゃってるし、麻夢子なんか胸も触らせてるから。今更って感じ？」

軽いノリで千歳先輩が答える。

こういうことを言う女の子たちのことはビッチだってネットで見たような。

いや、俺の奏先輩がビッチなはずがない！　こう言うとなんだかライトノベルのタイトルみたいだけど。

てか俺はマジでみんなのパンツ見たのか……。

初めて部室を訪れたときの光景は衝撃的すぎて、もう夢だったのか現実だったのか記憶が曖《あい》昧《まい》になっている。

麻夢子《まゆこ》先輩のおっぱいの件も、証拠《しょうこ》写真で事実だとは認識しているが、あまりに衝撃的で感触は正直覚えていない。

できることであれば、記憶を取り出して感触を再生したいけど。

「いやいや、そういう問題じゃないですよ！」

コイツらもうダメだ……という表情で黙ってしまった葉月《はづき》に代わって俺が声をあげる。

「どうしてですか？　男の子はこういうとき嬉《うれ》しいんじゃないですの？　男の子は女の子の着替えを見たかったり、おっぱいを触りたくて仕方がないって、ネットのヤホー知恵ふくろうに書いてありましたよ」

目をまんまるにして不思議そうな麻夢子先輩。

麻夢子先輩も知恵ふくろうユーザーだったとは……。

いや、問題はそこじゃない！

確かに奏《かなで》先輩と一緒にいられたら嬉しい。着替えを見たいし、おっぱいも触りたい。それは認めよう。

でも、なんというか、女の子の着替えはもっと神聖で、神秘のベールに包まれている厳《おごそ》かなものじゃなきゃいけないんだ……。

おっぱいだって、気軽に触っていいものじゃないんだよ。

何より、大好きな奏先輩だからこそ、そんな簡単に手に入る存在じゃいけないんだよ！

先輩たちって、もしかして俺の女の子知らずと同じレベルで、男子のことを分かってないんじゃ……。

「それに耕哉《こうや》君を入部させるときの作戦だって、知恵ふくろうに『男の子は女の子の身体を武器にすれば大抵落ちます』ってあったのを参考にして……。実際上手《うま》くいきましたし」

納得できないといった表情で続ける麻夢子先輩。

まさかそんな読み違いでこんな目に合ったのか。

見事に釣られた自分が恥ずかしい。

ええ、そうですよ。結局、俺はおっぱいとかおっぱいとかパンツとかパンツに釣られるような単純な男ですとも。

ていうか、いくらネットに書いてあったからってなんの躊躇《ためら》いもなく、すぐ実戦できる先輩たちが怖いよ……。

「えっとですね……。とりあえず着替えの件を説明しますと、一般的に男女は別々に着替えるものなんですよ」

葉月が文字通り頭を抱えながら、説き伏せるように説明を始める。

「えー。でもわたしの家はお父さんがいる横で着替えたりするよ？」

「わたくしも弟がそばにいても気にしません」

奏先輩の後に麻夢子先輩が続く。

いや、そういうことじゃないと思う。

「家族は別です」

「よく分からへん……。じゃどうして家族はよくて部活仲間はダメなの？」

今度は千歳《ちとせ》先輩、あなたもか……。

「多分、血が繋《つな》がってないから……。他人だからだと思います！」

「他人同士の男女が一緒に着替えてはいけないって法律でもあるの？」

「それはないと思うけど……。とにかく、他人同士の男女が一緒に着替えたらダメなんですって！　間違いとか起きたら大変ですし！」

「間違いってどういうことなん？」

引かない千歳先輩。まだ続けるか。

「俺は外で着替えますから……」

このまま仮に目の前で先輩たちが着替え続けたら、俺はショックで卒倒するか、もしくはあまりの神々しさに目が潰《つぶ》れてしまうかもしれない。

俺は部室を出て、さびしく校舎の影でタオルを巻いてひとり着替えることになった。

▲

「わっ、葉月《はづき》ちゃんスタイルいい！」

俺が着替えから戻ると、着替え終わった先輩たちが葉月を取り囲んでいた。

どうやら皆で葉月の身体についてコメントしているらしい。

麻夢子《まゆこ》先輩が配った水着は伸縮性が高いうえに、人の身体のラインを綺麗《きれい》に見せる作りになっているらしく、胸が強調されて、かつ腰がしっかりくびれて見える。

特に水着がはち切れんばかりの乳房は、ただ大きいだけでなく見事なバランスを保っていてグラビアアイドル顔負けだ。

あれ、こんなんだっけ……？

身体が目に入った瞬間は、ちょっとだけドキッとしてしまった。顔を見るとやっぱり葉月。

「何ジロジロ見てるのよ！」

俺に気付いた葉月が声をあげると、先輩たちもいっせいにこちらを見る。

しかも、指の骨をボキボキ鳴らしながら葉月はのしのし近づいてくる。

まぁまぁ、と俺たちの間を遮《さえぎ》る奏《かなで》先輩。

奏先輩助けて！

「ま、着替え終わったところで掃除を始めましょうか」

千歳先輩がポニーテールを結びなおす。

腕を動かすたびに真っ白な腋《わき》が見え隠れ。肩から繋がる繊細《せんさい》な筋の動きを思わず目で追ってしまう。

腋《わき》ってこんなにエロかったっけ？

俺の中で何かが目覚めようとした瞬間、

「何か付いてる？」

と、千歳《ちとせ》先輩。

「またエッチなこと考えてたんでしょ、耕哉《こうや》は」

ジト目でこちらを蔑視《べっし》する葉月《はづき》。

「仲が良くて、羨《うらや》ましいわね」

違いますから、って、目に飛びこんだ奏《かなで》先輩の水着姿の破壊力は異常だった。

なぜ真っ先に奏先輩の水着姿をチェックしなかったんだ俺のバカ野郎。

水着に包まれた奏先輩は、美術の教科書に載っていた大理石の女性の彫像を連想するほどに均整の取れた身体。

つまり、程よいボリュームでかつ形の整った乳房、しっかりシェイプされた水着の上からでも分かる臍《へそ》まわり、きゅっと持ち上がったまん丸のお尻《しり》。世界中の女の子が目指すような理想的な身体。おっぱい特化型の葉月とはまた別の魅力がある。

自身の戦闘力を認識しているのかしていないのか、ふわふわした髪がむき出しの肩に掛かって、指先で髪を耳に掛けて……。

何もかもパーフェクトだった！

奏先輩が掃除の段取りを説明し始めるけど、目から入る情報だけでいっぱいいっぱいで話が耳に入らない。

「……ってことで分かった？　耕哉君」

へろへろと俺が奏先輩で頭をいっぱいにしていると、掃除の説明はもう終了していたらしい。よく分からなかったけど、とりあえず「分かりました！」と元気よく返事しておいた。

「じゃ頑張りましょうねっ」

と、最後は笑顔の奏先輩。

その笑顔はどんな言葉よりも強力だった。

彼女が笑ってくれるなら俺はいくらでも頑張るさ。

俺たちは部室からプールに移動しようとタオルやビニール手袋を用意し始める。

「あっ、お菓子とジュースを忘れるところでしたわ」

と、それがさも当たり前であるかのような表情で麻夢子《まゆこ》先輩が声を上げる。

ピクニックにでも行くつもりなのだろうか、俺たちに背中を向けて、ロッカーをがさごそと漁《あさ》り始める。

水着で三角に切り取られた少し大きめのお尻が突き出されて、それがもこもこ動くもんだから、ちょっと俺には刺激が強すぎる。

背骨に支えられて、うごめく腰から首にかけての肉感が艶《なまめ》かしい。

身体の横から見える乳房は葉月《はづき》ほどではないけど、水着に押さえられて少し苦しそうだった。

「はいはい、耕哉《こうや》もそろそろ女の子に慣れましょうね。早く行くわよ」

心を悟られたのか、葉月に腕をつかまれて連れ出される俺。

と、腕が葉月の乳房にめり込んでいる。

むわっとした体温が絡みあう腕を通して俺に伝わり、じっとり汗ばんだ水着越しのふくらみが腕と密着して――思考が軽く混乱。

思わず生唾《なまつば》を飲みこむ俺。

ぶっちゃけドキドキする。

深呼吸、深呼吸……。すーはー、すーはー、すっすっすはー。ん？　何か違う。

葉月は俺よりも一回り背がちっちゃいから、俺の胸くらいの高さに頭。じー。

視線を落とすと、上目遣いの瞳《ひとみ》が俺の顔を見つめていた。

「な、なんだよ。何か俺の顔についてるか？」

「ううん。耕哉も背が伸びて男の子っぽくなったなぁって、思っただけ」

葉月はニッコリ笑って、今度は俺の腕に頭を寄せる。サイドにくくったポニーテールが当たって少しくすぐったい。

「お、おう。もう高校生だしな。背も伸びて当然。って、ち、ちけーよ」

急に気恥ずかしくなって、身体ごと離れようとするけど、葉月はさらに俺の腕をおっぱいに押しつける。

「は、葉月も、成長したな。う、うん、成長した」

「どういう意味よ、それ。『綺麗《きれい》になった』とか『スタイルがよくなった』とか言いなさいよ」

少しつまらなさそうに、「ぶー」と口を尖《とが》らせて俺の腕をつねる。

あれ、葉月はこんなに可愛《かわい》かったっけ……。いや、そんなはずはない。素数でも数えて落ち着きを取り戻すか？

「ちょっと、どこ行こうとしてるのよ。まさか、また逃げるつもりじゃ」

気が付くと、強引に葉月を振りほどいて駆けだしていた。

「に、逃げないし。ひ、ひとりで行けるもん」

どこかで聞いたテレビ番組のような、普段つけない語尾が勝手に口から出る。

カッコ悪いな俺……。

▲

掃除が始まると、思いのほか藻《も》に苦戦してしまった。

ねばねばの藻《も》がしっかりプールの塗装に食いこんで、引き剥《は》がすだけでも中々面倒だ。

しかも藻は水分を含んでいるから、チリトリがすぐに重くなってしまう。

「取っても取っても、キリがないわね……」

丁度そばで作業していた千歳《ちとせ》先輩が、ヌメヌメの指先を避けて二の腕で汗を拭《ふ》く。

上手《うま》く汗が拭きとれないらしく、首を大きくかしげる。

そんな体勢だと――。

言うより先に、どさっと音を立てて転んで思い切り尻《しり》もちをつく。

ほら、言わんこっちゃない。

プールの底は藻の分泌《ぶんぴつ》する潤滑《じゅんかつ》性の高い液体で覆われていて、少しバランスを崩すだけですぐに転んでしまう。

「いたたた。もう何回転んだのか思い出せへん」

うんざりするように両手をついて立ちあがろうとする千歳先輩。

プールの床ってコンクリートのうえに固い塗料が塗られてるから、水が入っていない状態で転ぶと滅茶苦茶《めちゃくちゃ》痛いんだよな。

わかる、わかる。

俺が手を差し伸べるけど、つかんだその手も滑ってまた尻もち。

「しっかりウチの手をつかんでよ！」

「そんなこと言われてもこんな状況じゃ……」

「ほら、もっと先輩を守ってあげないとダメでしょ」

麻夢子《まゆこ》先輩がプールサイドから声をあげる。そういえば掃除が始まってから、姿を見ていなかった。

「そんなとこで何してるんですか……。奏《かなで》先輩も千歳先輩も頑張ってるのに、それでいいんですか？」

「あら、生意気な口を聞くのね、ボウヤ」

ふふんと言いながら持っていたボールペンの先で唇をなぞり始める。

キャラ変わってないか？

どこの有閑《ゆうかん》マダムだ。

そもそも水着姿ですらないし……。

掃除に励む俺たちはプレゼントされた水着を着てるけど、なぜか麻夢子先輩は胸に「喜多学《きたがく》水泳部」とワッペンの張られたジャージ姿だった。

「あっ、そこの奥に藻の塊《かたまり》がありますわよー。奏ちゃん！」

プラスチック製のメガホンを片手に大きな声。

まるで監督《かんとく》だな。

「んもう、麻夢子ちゃんも手伝ってよー」

奏《かなで》先輩が言えば説得力は当社比一・五倍って感じだった。

「マネージャーだからってひどいわよ。皆で使うプールなんだよ〜」

え？　マネージャー？

「麻夢子《まゆこ》先輩はマネージャーなんですか……？」

思わず藻《も》を剥《は》がす手を止めて、奏先輩に聞いてみる。

「サボらないサボらない。手が止まってるわよ」

「あ、はい、すみません」

ぴしっと注意されて作業を続ける俺。

「今、奏先輩がマネージャーって」

でも、麻夢子先輩に質問を続ける。

「そうよ。わたくしは水泳部のマネージャーですもの」

「泳がない水泳部なのにマネージャーがいるんですね」

本音を言ったら、皮肉みたいになってしまった。

水泳部のマネージャーといえば、タイムを計ったり、練習後にタオルを渡してくれたり、温かい飲み物を用意してくれたり、そんなサポート的な存在だと俺は思っていた。少なくとも俺の経験上は。

確か共学の場合、野球部とかサッカー部のマネージャーは可愛《かわい》い女の子がなるらしい。で、マネージャーを巡って色恋の争いが生まれてとか、都市伝説級の話だな。

「ほら。わたくしって軍師タイプじゃない？　戦略を考えて人を動かすのが向いてると思うんです」

……軍師って。マネージャーは選手のフォローに回ったりする存在じゃなかったのか。

「先輩が卒業して、水泳部がウチたち三人になったときに、皆に役職をつけようってなったのよ」

と、千歳《ちとせ》先輩。

「で、奏が部長、ウチは副部長、麻夢子がマネージャー《軍師》になったってワケ」

軍師ってマジだったのか。

「ということで、麻夢子軍師とこれからは呼んでくださるかしら」

握りしめたメガホンでヒザをぽこぽこ叩きながら麻夢子先輩が胸を張った。

いや、呼ばないっすよ。

「五十メートルプールを掃除するのに四人じゃ戦力不足にも程がありますよ。少し手伝ってくださいよー」

「かー、これだから素人《しろうと》は困るわ。軍師が戦場に降り立つにはまだ早いのですよ」

そこまで言うならそのうち手伝ってくれるんだろうな。

顔を上げれば、まだまだ藻は大分残っていて、思わずため息が出る。

各々がチリトリに溜めた藻《も》はプールの隅に一旦集めていて、俺も藻が満載された手元のチリトリを持っていくことにする。

重みに耐えつつ、無事に仮の集積場所にたどり着くと葉月《はづき》もいた。

「もうクタクタ。普段使わない筋肉使うから身体が痛いよ」

「いい運動になるな。痩《や》せるぞお前は」

「何それ、私が太ってるって言いたいわけ？」

「そんなことはないけど……」

正面から向き合うと、おっぱいの迫力が大きすぎて、言葉が上手《うま》く出なくなる。前、見たときってこんな迫力あったかな。

「まったく失礼なんだから、耕哉《こうや》は」

言いながら身体を揺らした反動で、チリトリの中身を放出しようとする。

足の裏がずるっと滑って——転んだ。

どっしんと音を立てて寝転がるように派手に転んだ葉月。

身体中に藻がくっついてしまっている。

「いったーい。んもう、最悪！」

顔についた藻だけをとりあえず拭《ふ》き取った。

「大丈夫かよ。ほら」

俺は手を差し伸べるが、

「大丈夫だし」

と、自らの力で立ちあがろうとする。

そしてまた転んだ。

大人しく好意に甘えればいいものを。

俺が葉月の背中についている藻を拭《ぬぐ》っていると先輩たちがやってきた。

「派手に転んだみたいだけどケガしなかった？」

しゃがみこんで声を掛ける奏先輩。

「おーい、麻夢子《まゆこ》。バスタオル持ってきてー」

「かしこまり！」

声を上げる千歳《ちとせ》先輩と、それに応《こた》える麻夢子先輩。

あ、麻夢子先輩がやっとプールに下りてきた。

手には大きなバスタオルが三枚くらい。ジャージのお腹部分はクッキーだろうか、何かパラパラした粉状のものが付着している。

軍師は大忙しだったようだ。

「大丈夫？　これ使って」

俺たちに近づきながらバスタオルを掲げる麻夢子先輩。

「おー、おおきにー」

なんて千歳《ちとせ》先輩が言った瞬間、大きくバランスを崩す麻夢子《まゆこ》先輩。

「おっとっとっと……きゃーっ！」

大きな悲鳴と共に、麻夢子先輩の全身が重力を無視した姿勢で空中を舞う。

地面に落ちる瞬間、思わず目を閉じた俺。

一瞬の静寂。

あれ？　何も音がしなかったけど、尻《しり》もちつかなかった？

目をうっすら開けると、麻夢子先輩の全身を、奏《かなで》先輩が組み体操のように逆さに受け止めていた。そして、麻夢子先輩の指先は奏先輩の胸の谷間に引っ掛かっていた。

指先にかかった全体重のせいで、水着の胸元が胸よりも大分下にずり下がっている。

つまり——奏先輩の胸が、バストが、おっぱいが、あらわになっていた。

透き通るように真っ白な肌に、小さく前を向いたさくら色の頂《いただき》。

あまりに美しい。

っておっぱい。おっぱいじゃないかあ！　しかも奏先輩の！

うおおおおおおおおおおおおおおおおおおおおお！

みなぎってきたぁあああああああああああ！

脳内でターボブーストが掛かったかのように、神経伝達物質がじゃぶじゃぶ分泌《ぶんぴつ》される。

もっと近くで見たい！　はっきり言えば触りたい！　俺の手は勝手に伸び始め――。

意志とは関係なく俺の身体は奏先輩の方に向き、俺の手は勝手に伸び始め――。

ビチャッ。

あわやというところで、急に顔全体にねっとり冷たい不快な感覚がまとわりつく。

うわ、キモちわる……。

慌てて顔を擦《こす》ると、指先に藻《も》がへばりついた。

「うわっ。キモっ！」

「キモいのはアンタよ！　触ろうと手まで伸ばしちゃって、変質者みたい」

葉月《はづき》はまだ俺に藻を投げつけようと、深緑の塊《かたまり》を握りしめている。

「何もこんなもの投げつけなくたっていいだろ」

顔から剥《は》がした藻をうち捨てると、びちゃっと不快な音がした。

「奏先輩も早くその、出ているものをしまってください！」

「そうね、水着が伸びちゃうものね」

「うんと、違いますから。もういいです！　早く隠して！」

「はいはい、うんしょ」

胸元に引っ掛かる麻夢子先輩の指を外して水着を元に戻す奏先輩。

むにむにとおっぱいが水着に押しこまれる様子だけで、いかに奏先輩の乳房が柔らかいかを想像できる。

「ちょっとっ、きゃっ」

うん？

聞きなれない黄色い声がプールに響く。

声の主は千歳《ちとせ》先輩だった。

麻夢子《まゆこ》先輩が体勢を整えようと、今度は千歳先輩の肩に手を伸ばす。

「ごめんなさいっ。でも転んじゃうの！」

麻夢子先輩が必死につかんでいるのは千歳先輩の水着の肩ヒモで、麻夢子先輩の足は生まれたての子鹿のようにブルブル震えている。

こりゃ、転ぶなと思った瞬間に思った通りバランスを一気に崩して、千歳先輩の水着がずり落ちた。

ぷるんっと脳内で効果音が流れて、今度は千歳先輩のおっぱいがあらわに。

サイズは小ぶりだけど、その主張しすぎないフォルムがかえって個性的だ。

あぁおっぱい。されどおっぱい。やはりおっぱい。

俺、幸せ。

「ちょっとっ。痛い痛い！」

引っ張られる水着の肩ヒモが身体に食いこんで痛いらしく、千歳先輩が力ずくで麻夢子先輩の指を引き剥《は》がして身体ごと逃げる。

完全に支えを失った麻夢子先輩の身体。今度は葉月《はづき》の上に倒れこんで、ふたり揃《そろ》ってぬるぬるになってしまった。

一歩引いて眺めると、葉月と麻夢子先輩がぬるぬるの液体にまみれて身体を絡ませあい、その横でおっぱいがはみ出た水着姿の千歳先輩。もう一方ではおっぱいの収まりが悪いのか、水着の中に手を入れて、もぞもぞとポジションを直している奏《かなで》先輩。

ヤダ、これカオスすぎる。

「もう、滅茶苦茶《めちゃくちゃ》じゃないですか！」

横たわったまま天井を見上げる葉月。

「だ、だ、だから、わたくしは、こ、こっちに来るべきじゃなかったんです……」

四つん這《ば》いで息をあげてプールの上を這って歩く麻夢子先輩。

って、よく見れば、足にはウサギのマスコットがついたビーチサンダル。

そんなもの履いてるから滑るんですよ、麻夢子先輩！

まったく軍師様が聞いて呆《あき》れるぜ。

「はぁ、気を取り直して頑張りましょうか……」

葉月がバスタオルで藻《も》をふき取りながら言った。

「あっそうだ、あそこの藻《も》の山、大分溜まったから予定通りゴミ袋に入れて捨ててきてね。頼んだでっ、耕哉《こうや》君」

千歳《ちとせ》先輩がプールの隅に山盛りに積まれた藻を指す。

「そんな予定でしたっけ？」

「さっき部室で説明したよね？」

と、奏《かなで》先輩。

あーそういえば、適当に返事したんだったな、あのとき。

なるほど、藻をゴミ袋に入れてゴミ捨て場まで持っていく係も俺なのか。

「あぁ重い……」

ゴミ袋はチリトリ以上の容量なので、藻をいっぱいまで入れると相当な重さになる。

こりゃ鍛《きた》えられそうだ。

「ふぁいとー。にはーつ」

うめきながら背負う様子を見て麻夢子《まゆこ》先輩。

何が二発なのやら。

そんな気の抜ける声援を受けて、ゴミ捨て場への往復を続けた。

「はぁ……大分終わった……」

プールを見渡すと、ほとんど藻は残っていなかった。

「はいっ、これで最後」

最後の藻を載せたチリトリを葉月《はづき》が持ってくる。

俺がゴミ袋を開くと、葉月がチリトリを持ち上げて藻を流しこむ。

「ありがとよ、葉月」

最後のゴミ袋を捨てて戻ると、皆は身体についた藻の汚れを見せ合って笑っていた。

「大分汚れちゃったね。せっかく麻夢子から新品の水着をもらったのに」

千歳先輩がゴシゴシと身体についた汚れを手で擦《こす》る。

「あっ気にしないで。その水着は水を掛ければ汚れは綺麗《きれい》に落ちますから。本当に跡形もなくすっきりと」

へー、さすが新しい製品。

ゴロゴロと巻き取り式のホースを持ってくる麻夢子先輩。

ホースの先には光線銃のような噴き出し口。

麻夢子先輩の「いくよー」という掛け声と共に水が噴きだす。

身体に掛かる水が心地いい。どんどん身体の汚れが洗い流されてすっきりする。　そう、どんどん水着の色も落ちて――。

え？　なんで水着の色まで落ちるの？

青と赤だった俺の穿《は》いている水着はいつの間にか真っ白に変わっていて、指先で触れるとぼろっと穴が開いた。

えええええええええ。

事態を飲みこめないでいると、トイレットペーパーに水が掛かったときのように、どんどんと水着が溶けだし始めた。

「ちょっ！　なんですかこれ！　どうなってるんですか！」

まさかっ……。

水を撒《ま》く麻夢子《まゆこ》先輩は「まさに幸せ」といった感じの笑顔——だけど隠し切れない邪悪でブラックな感情が見え隠れ。

おいおいおい……。

ちょっとまて、俺の水着が溶けているってことは——。

先輩たちと葉月《はづき》の水着は真っ白になっている!?

「あれ、水着の色がなくなってるよ？」

奏《かなで》先輩が不思議そうに自分の水着を覗きこんでいた。

「試作品って言うてたし、そんなこともあるんじゃないの？」

千歳《ちとせ》先輩は気にしてない様子で汚れを払う。

葉月《はづき》の水着も溶け始め、みるみるうちに隠されていた真っ白な裸体があらわになりつつあった。

えっ、葉月の身体ってそんな風になってたんだ……。

脳内がスパークして、視覚情報を処理しきれず、俺は今何を見ているのか理解が追いついていかない。

「きゃ――!」

悲鳴をあげながらしゃがみこむ葉月。

「やだっ! やだっ!」

しかし、なす術《すべ》なく消滅へと向かう水着。

その様子を目《ま》の当たりにした奏《かなで》先輩と千歳《ちとせ》先輩は自身の身体をもう一度確認した。

「溶けてるねー」

「うん」

先輩たちの水着も透明に近づき、おっぱいどころかもっと見えてはいけないものが見え始めているような。

いや、錯覚《さっかく》だよ、そんなことあるわけないって。

見間違いであることを確認するために奏先輩の白い太ももの付け根に目をやると――。

「あばばばばばばばばばばばばばばばばばばばばばばば」

と、桃源郷ってあったんだ……。凄《すさ》まじい刺激が脳天を貫いて、鼻から赤いものがどばどばと噴出した。

「説明しましょう！　皆さんが着ているその水着は、パパの会社で開発された失敗製品、コードナンバー〇〇四四ですわ！」

そんな俺たちのことはおかまないなしに麻夢子《まゆこ》先輩が得意げに話しだした。

コードナンバーとか説明とかどうでもいいよ！

「汚れに強い繊維《せんい》の開発には成功したんだけど、水分に極端に弱くて、真水が掛かると跡形もなく溶けてしまうって弱点があるの」

水着としては全くダメダメな素材ですね。

「うんと。な、なんていうか。耕哉《こうや》君、は、恥ずかしいから見ないで？　あと、見せないで？」

ほんのり頬《ほお》を赤らめる奏先輩。

その羞恥《しゅうち》の表情に俺はもう！

あれ？　別に裸見られても恥ずかしくないって言ってなかったっけ？

それに見せないでって？　俺はどうなってるんだ……。

恐る恐る自分の下半身に目をやると——ほぼ全裸同然だった！

あがあああああああ。おいいいいいいいいい。

どう考えても、大切なものを奏先輩たちに見られてしまった。

もうお婿《むこ》に行けない……。

遠のく意識をふりしぼって股間《こかん》を手で押さえ、残り少ない溶け残った布を一箇所に集約する。

「や、やだぁ……、ウチを見いひんで……。堪忍《かんにん》やぁ……」

千歳《ちとせ》先輩が顔を茹《ゆ》でダコのように赤くして、首を横に振りながらしゃがみこんでいる。

「恥ずかしい……。やだ……」

奏《かなで》先輩は両手でおっぱいを隠しながらぺたんと座りこむ。

「先輩たちも分かったでしょ！　他人の男の子に裸を見られるのって、本当に凄《すご》く恥ずかしいことなの！」

耳まで真っ赤《か》に顔を染めながら、声をあげる葉月《はづき》。

奏先輩が、うんうん、と顎《あご》だけで頷《うなず》く。

妙にしおらしい感じだった。

「お願いだから耕哉《こうや》君、見ないでぇ……」

「ほ、ほんまに、あっち向いとって……」

奏先輩と千歳先輩が身体を限界まで小さく折りたたんで、色んなものを隠そうとしている。

「あっち向いて！　これ以上見たら殺すから！」

葉月も目を血走らせて俺をにらむ。

気が付けば必死でかき集めたわずかな布も限界なようだ。俺も三人から目をそらしながら、股間を押さえこんでダンゴムシも顔負けなくらいに身体を折りたたんで丸まる。

今の俺なら旅行用トランクにも収まると思う。

麻夢子《まゆこ》先輩はといえば——素っ裸になった俺たちの阿鼻叫喚《あびきょうかん》を見ながら、ただひたすらに満足そうな笑顔だった。

「ほーら、みんな綺麗《きれい》になりましたね！」

アンタは鬼か！　悪魔か！

▲

大混乱に陥《おちい》ったプール掃除はなんとか終わり、俺たちは家路へとついた。

肉体はもちろん、心も千々《ちぢ》に乱れけり……。

「何だか俺、今日は凄《すご》く疲れたよ……」

「そうね……私も色々疲れたわよ」

「水泳部って大変なんだな」

「そうね……」

沈みかける大きな夕日を眺めていると、余計にセンチメンタルな気分が加速されていく。

「俺たち、本当にやっていけるのかな……」

うーんと手を顎《あご》に添えて、

「そうね、どうかしらね」

と、ため息混じりの葉月《はづき》。

「そこはお前、なんとかなるって、とか言ってくれよ」

「私も今日は色々堪《こた》えたわ……」

葉月が肩に掛けていたバッグを反対に掛けなおし、いかにも疲れたという表情で首を左右に振った。

「葉月がそんなことを言うなんて相当だな」

「耕哉《こうや》さ」

一段と声を小さくして言う。

「うん？　なんだ？」

「今日、私のどこまで見たの？」

まっすぐ前を向いたまま、声の先は誰もいない空間。夕日のせいかもしれないけど、頬《ほお》は赤く染まっている。

「どこまでって……」

「だからどこまで見たの？」

「あ、あぁ。右のお尻にホクロがあった……」

ギュッ。

「バカ」

と、顔を引きつらせながら俺の頬をつねる。

「イタイイタイ！　頬が伸びる！」

頬から指を離すと一目散に走り去る葉月。

決して振り返らず、駆ける足音が長い影と共に少しずつ遠ざかっていった。

女子率の高すぎる水泳部で色仕掛けに負けた俺

第4レーン

脚立の上の恋心

「といった感じで、僕たち水泳部は男女で協力してプール掃除を行いました」

薄暗い視聴覚室のスクリーンには綺麗《きれい》になった俺たちのプールの写真が投影されている。

「それでは水泳部が先日行ったプール掃除を、『男女が共に行う部活動』として認定するという人は挙手をお願いします」

褐色《かっしょく》に焼けた肌がまぶしい陸上部の女子部長が元気よく採決を取る。

俺と葉月《はづき》は、隔月で行われる全部活の部長会議に出席していた。

水泳部の女子代表は本来ならば奏《かなで》先輩だけど、熱を出して早退したのでピンチヒッターだった。

一つめは水泳部の存続を左右する『男女が共に行った部活動実績』の報告と認定。出席した部長たちの半数の賛成で実績になる。もう一つは学園祭に関することだった。

ちなみに水泳部だけではなくハンドボール部もそれまでの実績から廃止を検討されているらしく、彼女らも活動を報告した。その活動内容は毎日続けているという男女混合の練習。スクリーンに映し出された練習風景を見る限りでは結構頑張っているみたいだった。プール掃除をしてなぜか素っ裸になっていた俺たちの活動とは、何かが違うと思わないでもない。

「はい。過半数は超えてますね、多分。ということで、ハンドボール部と同じく水泳部も活動を認定します。次の議題に移る前に、五分休憩を挟みます」

陸上部部長は人差し指でいい加減に数えてから、そそくさと部屋から出ていった。

やった、と小さくガッツポーズでニッコリ笑顔の葉月。

俺たちは麻夢子《まゆこ》先輩からもらった水着が溶けた後も、別の水着に着替え気を取り直して掃除を、最後までやり遂げた。プール内だけでなく、スタンド、飛び込み台。何もかもできる限り磨き上げて、今のプールには以前とは比べ物にならないほどに清潔感が溢《あふ》れている。

当然、俺は極端に汚い部分の掃除や臭いゴミの処理、危険な高所の掃除をすべて任され、三Kコンプリートの素晴らしい働きだった。

まぁ、あれだけやったら活動も認定されるよな……。

俺はそんな気分。

気付かないうちに苦い顔をしていたのか、

「耕哉《こうや》は嬉《うれ》しくないの？」

と、心配そうな顔を葉月がしている。

「いっそ廃部になれば俺も解放されるからな」

ガンっと脛《すね》を蹴《け》られた。

「いてて。大体お前だって掃除の帰りはげんなりって感じだったじゃないか」

「あの時はさすがにね……。でも、私は部活好きだし。もういいの！」

「俺はもうお婿《むこ》に行けない身体になったんだぞ」

「何をバカなこと言ってるの？　大体諦《あきら》めが悪いのよ、耕哉《こうや》は。いい加減水泳部に骨を埋める覚悟を持ちなさいよ」

面白いことを言ったつもりがサラりと流されてしまった。拾ってくれよ。

「まぁ正直なところ、水泳部から逃げられるとは思ってないよもう」

悲しいかな、これが本音だ。俺も切り替えなきゃな。

「素晴らしい理解力ね。そういえば耕哉《こうや》は奏《かなで》先輩に報告メールしなくていいの？」

「おっとそうだった、忘れてたぜ」

先輩が早退するときに、プール掃除が実績認定されたかの結果をメールして欲しいと頼まれていたのを思い出す。

「…………よし、送信完了」

活動は認定されました、と用件だけメールする。

風邪《かぜ》の具合が心配だけど、なんて書いたらいいのか分からないし。

「身体は大丈夫か聞いた？」

う……。どうせ俺は気の利かない男ですよ。

「……んもう、心配する文言《もんごん》くらい書きなさいよ。こんなことは一般常識とかマナーのレベルの話よ」

葉月《はづき》は表情で察した様子。

と、携帯が震える。

『やったね！』と奏先輩から素早い返信。

画面をスクロールすると、ベッドの上でピースした自画撮り写真が添付されていた。おでこには熱を冷ますためのシートが貼られている。表情は笑顔だけど、熱のせいで若干顔が赤い。

うお奏先輩可愛《かわい》い！　でも、風邪大丈夫かな……。

「今度はちゃんと書くのよ」

「へいへい。早く風邪を治してくださいね、と。ホイ送信」

メールが無事送信されたのを確認してから、俺は送られてきた写真を携帯の待ち受け画面に設定した。

葉月に見つからないように、こっそりと。

「はーい、じゃあ再開します。二つ目の議題に移りましょうね」

ぱんぱんと手を叩《たた》いて皆に休憩が終わったことを知らせる陸上部部長。

「ほら、奏先輩の写真でニヤニヤしてないで前を向く」

俺の肩をつつく葉月。

なぜバレた!?

「大事なこと聞き逃しても知らないわよ」

「それはお前が代わりに……」

「耕哉には教えてあげないし」

見ればホワイトボードには『校内整備担当決め』と書かれていた。

「来月の学園祭に向けた校内整備の担当決めをします。今まで同様、くじ引きで担当を決めますので、それぞれの部活で一つくじを引いてくださいね」

商店街の福引で使うようなくじ箱がおもむろに用意されていた。

「なんだ整備って。部活で学園の掃除でもするのか？」

「うん。喜多学《きたがく》は学園祭が近づくと部活主体で校内の一斉整備をするのよ。ケンカを避けるためにくじで担当を決めるのも含めて中等部のときも同じだったわ」

へー、と応《こた》えていると俺たちのところにも箱が回ってきた。

「耕哉《こうや》が引いて。大変そうなの引いたら、お仕置きだから」

そんなこと言うなら自分で引いてくれよ。

くじ引きなんて運ゲーイベントで殴られるなんてたまったもんじゃない。

とはいえ、引かないことには始まらない。

とりあえずくじを引く俺。

「どうだった？」

「ちょっと待てって」

四つ折りされた紙を開けると「電気の交換」とある。

「なんだこれ。アタリ？　ハズレ？」

「学園内で切れた蛍光灯やランプを交換するってことよ。アタリかハズレかって言われると微妙なところよね……。リアクションに困るやつよ、これ」

うーん、と少し眉《まゆ》をひそめながら言われた。

確かに学園内で蛍光灯なんかの明かりが切れている箇所はあるにはあるみたいだけど、決して多くはない。作業自体はしなければならないけど、特段キツくもなさそう。

確かに微妙かもな。

なんて思っていると、俺たちの隣に座っていたユニフォーム姿のテニス部の部長が、くじを引くなりうな垂れてしまった。

そして、様子に気付いた他の部長たちが周囲に集まり、ざわつきはじめた。

テニス部は貧乏くじでも引いたのだろうか。チラリと見えたくじの紙には「トイレ掃除」とある。

「なんだ、トイレ掃除くらいいいじゃん？」

「何言ってるのよアンタ。校内すべてのトイレを掃除するのよ！」

軽く考えた俺の言葉に鋭く反応する葉月《はづき》。

「マジかよ。一体学園全部で何か所トイレがあるんだよ……」

葉月の話によれば、高等部の敷地内にあるトイレは少なく見積もっても二十か所。しかも共学化に合わせて男子トイレが新設されて、少なくとも四十か所のトイレがあるという。

予想以上にハードだったことに驚愕《きょうがく》して、俺の引いたくじが大当たりにすら感じる。

確かにあんなの引いたら怨《うら》みたくもなるよな……。

葉月《はづき》は俺の隣で「あーあ、引いた人は可哀《かわい》そうに」といった哀れみの表情。

「ということで、今日の会議は終わりですから！　お疲れさまでしたー！」

テニス部の喧騒《けんそう》に負けないように声を張り上げる陸上部部長。

「まったく大変だな……。さて、俺たちも帰るか」

視聴覚室を後にしようとする。

「ちょっと待ちなさいよ。アンタたち」

しかし、女の子が手を広げて俺たちのゆく手を阻んだ。

女の子は俺の胸くらいの高さから見上げるように、鋭い目でにらんでいる。身長は小さく、同じく小さな顔にショートカットなものだから、散歩中の見知らぬ小型犬に吠《ほ》えられている気分だった。

「葉月、お前の知り合いか？」

「えっと、うん……」

顔を曇らせて歯切れの悪い返事をする葉月。

「何よ、私の顔を忘れたって言うの？　ハ・ヅ・キちゃん？」

女の子はイヤミっぽい言い方をしながらニヤニヤしていた。

なんか感じの悪いヤツだな……。

「この人は華耶《かや》さん。奏《かなで》先輩と同じ学年の先輩」

葉月は無理やりな笑顔を作って、俺に説明する。

「そうそう、あたしはハンドボール部の武豊《たけとよ》華耶よ。よろしくね、新入生クン。でも何で一年が部長会議なんかに出てるの？」

「奏先輩の代わりなんです」

「ふーん。どうせ奏は自分が行きたくないからって、新入生に押しつけたんでしょ」

奏先輩は風邪で――と俺が言おうとすると、葉月が「余計なことは言わないで」と耳元でコソリと言って制止した。

なんだよ、奏先輩はサボった訳じゃないだろ？

「大体さっき発表してたプール掃除って何よ。あんなので活動が認定されるとかマジでありえないから」

この人は一体何がそんなに気に入らないんだろう……。

俺たちが発する気まずい空気に気付き、残っていた他の部長たちが遠巻きに俺たちを眺めている。

なんか恥ずかしいな。

「お言葉ですけど、皆で協力してプール掃除をしましたから。それに、華耶さんはプール掃除の大変さを知らないから、そんなことが言えるんです」

「あたしたち、ハンドボール部はちゃんと毎朝、練習しているのに、あなたたちはプールで泳いですらいないんですって？　まぁ運よく活動が認められたものね。でも、次も上手《うま》くいくとは限らないわよ。せいぜい廃部にならないように頑張ることね」

どこで得たのかすらわからない情報で俺たちをなじる華耶《かや》先輩。

そう言って、自信に溢《あふ》れた顔で捨て台詞《ぜりふ》を残して、悠然と立ち去る。


会議が終わり、部活が休みだったので、俺たちは一緒に下校することになった。

その道すがら、いつもなら夕飯のメニューとか、互いの親の話とか話したりするのに今日はやけに静か。葉月《はづき》が黙っている理由はなんとなく分かるけど。

うーん、華耶先輩のことに触れていいのだろうか……かといってふたり押し黙って歩くのも気まずいし。

あー、もう我慢できない。

「それにしてもなんだったんだアイツ。先輩だけど、あえてアイツって呼びたくなるな」

いきなり絡んできて、そのうえ奏《かなで》先輩まで貶《おとし》められたらムカつくし、それ以上に意味が分からない。

「華耶さんは私と同じ塾に通ってたのよ。だから昔からの知り合いなの」

一呼吸置いてから、ようやく口を開いた。

ただの知り合いにあんなこと言われるなんておかしいだろ。ケンカでもしてたのかよ。

「私がよく思われてないのよ」

「ふーん。なるほどなあ」

「その通ってた塾で、彼女は先生を好きになって告白したらしいけど、振られたみたいなの。それで、その先生が私に勉強を丁寧《ていねい》に教えてくれてたから……」

「つまり嫉妬《しっと》ってことか」

「そうかもしれないわね」

俺を横目で見て、うなだれる葉月。

「た、大変だったんだな」

「そんな訳で、ことあるごとに絡んでくるっていうか、言いがかりをつけてくるのよ」

葉月は何も悪くないじゃないか。それに奏先輩は余計に関係ない。

「で、ハンド部の境遇は水泳部と同じだし、面倒な話になりそうだな」

「うん……。私のせいで水泳部に迷惑が掛からないかが心配なの。今日のことは先輩たちに黙っていて欲しいの」

「あぁ分かったよ」

「うん、ありがとう」

そう言うと、葉月《はづき》は申し訳なさそうに笑った。

なんだかなぁ……。

それはともかくハンドボール部と、部長の華耶《かや》先輩には要注意だな。

▲

会議で決まった統一校内整備の日、いつも通りパシリ気味の俺が用具庫から脚立《きゃたつ》を持ってきた。部室のドアを開けるとなにやらいい匂い。

皆はすでに集合済みで、「切れている電気を探して交換する」準備万端——という訳ではもちろんない。

小綺麗《ぎれい》な布が敷かれた机を囲んで、紅茶を飲んでいる。香りのもとはふわふわ湯気が漂うティーポットからだ。

「おはようございますー。って、先輩たち何してるんですか⁉」

「パパが海外出張のお土産《みやげ》で紅茶を持ち帰ったので、皆さんにおすそ分けしているのですよ」

三段のお皿にお菓子や果物が盛りこまれた本格的なアフタヌーンティーセットから、苺を
フォークで取る麻夢子《まゆこ》先輩。

それは優雅で結構なんですけど……。

「マカロンもあるから、耕哉《こうや》君もどう？」

すすめられるまま薄ピンクのマカロンを一口かじると、優しい甘みが口いっぱいに広がる。

なにこれ美味《うま》い。思わず顔が綻《ほころ》んでしまう。

「はい、お茶もどうぞ」

奏《かなで》先輩から紅茶が注がれたティーカップを渡される。

繊細《せんさい》な染め絵が描かれた金縁のカップはいかにもな高級品。

熱い紅茶を少し口に含むと、程よい苦味がマカロンの甘みと混ざりあって……これは美味い。

「ね、美味《おい》しいでしょ。本場イギリスのダージリンで入れたストロングティーやって」

と、千歳《ちとせ》先輩。

思わずまったりしてしまっている俺。

「ふう。……って今日は校内整備の日ですって！」

危ない危ない、俺も優雅で女子力が高い雰囲気《ふんいき》に呑《の》まれてしまうところだった。

「んもう、もう少しゆっくりしてからやればいいじゃないの。わたしたちのペースでやればきっと大丈夫よ」

奏先輩は言いながら、かちゃんと小さな音を立ててカップをソーサーに置く。

なんでそんなに自信たっぷりなんですか？　いやいや、先輩たちはどう見てもサボってますよね！

「はやく校内整備を始めないと、日が暮れちゃいますよ！」

切れている電気を交換して回ると簡単に言っても、校内中の照明をすべて点検・交換しなくてはならないので、中々骨が折れる作業でもある。

「はいはい、分かりましたわ。耕哉《こうや》君はせっかちさんなんですから」

マカロンを一気に口に突っ込んで口がハムスターみたいになっている麻夢子《まゆこ》先輩。

綺麗《きれい》なお顔が台無しですよ、お嬢さん。

渋る先輩たちをなだめつつ、俺たちはようやく校内整備を開始した。

奏《かなで》先輩の提案で、まずは廊下をいっせいに見て回ることになった。

「なんだか探検隊みたいですね」

奏先輩を先頭に一列になって進む俺たちを見回しながら葉月《はづき》が言う。

しばらくすると、

「奏隊長！　前方の蛍光灯が切れているで」

と、千歳《ちとせ》先輩。

「ええ、ご苦労さま。耕哉隊員、脚立《きゃたつ》の用意を頼みますよ」

俺が奏先輩に促されて、担いでいた脚立を床に下ろして組み立てはじめると、イケメン考古学者が古代遺跡を冒険する映画の音楽を麻夢子先輩が口ずさむ。

この設定はいつまで続くんだろう。

「じゃ、まずは私が交換するわね。耕哉君は私が転ばないように下を押さえてて」

奏先輩は軽快な動きで脚立に上がって、古い蛍光灯を外し始める。

ガタガタ暴れそうになる脚立の脚をしっかり押さえこみ、ふと上を見上げると——。

涙がこぼれ落ちるわけでも、満天の星空が広がるわけでもなくて、真っ白な光景が広がっていた。

まぶしいばかりの奏先輩のむっちりした太ももと、なだらかな曲線の四肢が伸びる根元に真っ白で光沢のある布。

人はなぜ、生地を縫い合わせただけの布の塊《かたまり》に対して、ときにはときめきにも近い感情を抱くのだろうか。

そんな哲学風なことを考えて、思考を誤魔化《ごまか》そうとしたけどダメだった。

俺の目の前にはパンツ。

一度見上げると、もう目が離せない。

しかもも奏先輩ともなれば、俺は！

スカートのひだが細かく揺れるたびに、俺の目と身体は連動して反射的に動いてしまう。

今の俺の目が監視カメラなら、きっと世界中から万引きがなくなるんじゃないか。

と、思った瞬間、目の前が暗転してちらちらと光が瞬《またた》いた。

振り返ると、葉月《はづき》が埃《ほこり》を落とすためのハタキを握り締めて、俺をにらんでいる。

どうやら柄《え》で思い切り殴られたらしい。

「いってえよ！」

一瞬遅れて反射的に声を出すけど、葉月《はづき》は無言だった。

「うん？　どうしたの？　耕哉《こうや》君。あっ、パンツ見ちゃダメだからねー」

蛍光灯の交換が上手《うま》くいかないのか、がちゃがちゃと手を動かしながらスカートを押さえて
そう言う奏《かなで》先輩。

もうしっかり見ちゃいましたから。遅いですから。

「よし、完了っと。ちょっと電気点《つ》けてもらってもいい？」

すかさず、パチっとスイッチを入れる千歳《ちとせ》先輩。

「これでオッケーと……。あれ、耕哉君どうしたの？　頭なんてさすって」

奏先輩が心配するような顔で俺を覗《のぞ》きこむものだから、

「いや、なんでもないですから……」

とりあえず俺。「へー」とジト目の葉月。

俺の遺伝子には、パンツが気になるように刷りこまれてるんだからしょうがないだろ！

なんて言いたいけど、さらに殴られそうだから絶対に言えないな。

最初に廊下で蛍光灯が切れているのを見つけて以後、脚立《きゃたつ》に上がって交換する係はローテー

ションに。

　が、俺は男の子だからという理由で、ずっと脚立の足元を支えている係。

　ちなみに、誰が脚立に上っていても俺は上を見ないことにした。

　いちいち葉月から殴られて、痛い思いをしたくない。


「あと少し、頑張りましょう」

　窓の外に広がるトラックコートの外周を走る陸上部を眺めながら奏先輩が言った。夕日に照らされてランナーが作る影が伸びている。陸上部はもう校内整備が終わったのかな？

　あのあと廊下、教室、トイレとまわって、最後に残った図書館に俺たちが着いた頃には日も暮れかけていた。

「さて、と。この図書館の中で最後ね」

　葉月が蛍光灯を持ったまま、入り口の扉の前で大きく伸びをする。

「よっしゃ、切れていないことを願って——」

　ドアを開け放つと、だだっ広い空間が広がり、

「ひ、広い……」

　と、高い天井とどこまでも続く本棚の回廊に思わず声が出た。

「うわぁ、高等部の図書館は違うわぁ」

葉月《はづき》と初めて大都会の高層ビル群に来た、おのぼりさんみたいになっている。入学後、まだ利用する機会がなかったもんな。

「この喜多学《きたがく》高等部の図書館は、面積も蔵書量もそこらの公立図書館より、はるかに充実してるらしいよ」

そもそも「図書室」じゃなくて「図書館」だからな。たしかに館と呼ぶにふさわしい規模だ。

今日は校内整備で休館らしく、明かりもついていなかったので、全ての明かりのスイッチを入れる。

パカパカと蛍光灯が一斉に灯《とも》り始める。ついに明かりは全点灯した。

これで全作業終了——と、思うのはまだ早かった。

「図書館自体は大丈夫そうね。あ、でも閉架《へいか》図書室も見ないとあかんね」

千歳《ちとせ》先輩が天井を見回して蛍光灯が本当にすべて点灯しているか点検している。

「閉架図書室ってなんですか？」

「簡単に言うと、普段は公開していない本を保管している場所ね。古書とか、貴重な文献とか、大切な本が閉架図書室にあるの。それこそ博物館に収蔵されてもおかしくない本もあるのよ」

葉月の疑問に奏《かなで》先輩が図書館の奥へ歩みを進めながら答える。

へー、さすがリッチな喜多学だな。

「で、ここが閉架図書室やね」

千歳先輩がドアを開くと、紙とインクの匂いが鼻をつく。

しかし明かり取り用の窓すらもないようで中の様子は分からない。

「日光で本が傷《いた》まないように、この部屋には窓がないのよ」

奏先輩が言いながら照明の操作盤に触れ明かりがつくと、目に飛びこんだのは先ほどと同じく床から天井まで続く本棚だった。

「これは凄《すご》いですね……」

出版からざっと百年は経《た》っているであろう、変色した背表紙のハードカバーたちがぎっしり詰まっている様子に俺は思わず面食らう。

「ほとんどなんの本か分からないけど、凄い本ばかりなんでしょうね。きっと」

ははーと背表紙を追いかける葉月。

「俺んちの本棚とはえらい違いだな」

「そうね。えっちな本ないしね。ココには」

涼しい顔で爆弾を落とす葉月。てか、なぜ俺の秘蔵書庫の存在を察知しているんだ……。

先輩たちの前でそういうことを言うなよ。

「あ、でもカーマ・スートラならありましたわよ」

なんですかそれ。

麻夢子《まゆこ》先輩は角が擦《こす》れたえんじ色の本を背伸びをしながら、本棚から取り出した。

「原点通りサンスクリット語で書かれていますからあまり読めませんけど、イラストのページもありますのよ」

いや、サンスクリット語を少し読めるだけでも十分凄《すご》いと思いますけど。

麻夢子先輩が開いたページには、男女が抱きあっているイラストがいくつも並んでいた。

「なんすか、コレ」

「このページに書いてあるのは、えっと……性的絶頂を深めるための性行為、体位紹介、ですってよ耕哉《こうや》君」

文字に人差し指を滑らせながら梵字《ぼんじ》を解読する麻夢子先輩。

いやいやいや、何を平然と言いだしているんですか！

「なになに、充実した性行為は二人の愛を深めます。だそうですわよ」

「俺に振らないでください！」

恥ずかしくて、これ以上言葉が出ない。

「この本は、性と愛がテーマのすご——くマジメな本なのですわよ」

そりゃマジメな本なのかも知れないけど、「彼女いない歴＝年齢」で男子校で悶々《もんもん》としてた俺には縁がなさすぎる。

「あっ、耕哉君向きのページもありますわよ」

麻夢子先輩は、なんだかいつもより楽しそうにページをめくった。

「急激女の子からモテモテになる方法とかですか？」

「ううん。えっと、その、つまり、男性自身を大きくさせる方法よ」

「⁉………」

俺は赤面して言葉に詰まってしまった。

「ちょ、ちょっと。はい！　もうサボるのは終わりっ！」

いきなり割りこむ葉月《はづき》。

顔は茹《ゆ》でダコのように真っ赤《か》になっている。

「どうしたお前、熱でもあるのか？」

「うるさい、うるさーい！　とにかく電気の交換するの、手伝いなさいよ！」

葉月は目を充血させながら髪を振り乱して、天井に人差し指を向けていた。

指の先には蛍光灯の切れた箇所が二つ。

「ほら、二箇所も切れてるわよ！　仕事仕事！」

「そんな急《せ》かさなくてもいいじゃないですか」

麻夢子先輩は頰《ほお》をふくらませて唇を尖《とが》らせている。

「あっ、カーマスートラには、こんな風に口を尖らせて男性の大事な部分を……」

「いい加減にしてください‼！」

麻夢子《まゆこ》先輩の悪ノリに、葉月《はづき》は両こぶしを握り締めてマジ切れ寸前だった。

この場合、俺にやつあたりが……。

「ま、いい加減ミッションに戻らないと家に帰るの遅くなっちゃうしね。そろそろやりましょうか」

奏《かなで》先輩がその場をおさめてくれた。

「ということで、あそこの電気を交換開始ー」

続けて号令をかけ、該当する蛍光灯の下に向かう。

「切れてる場所が二箇所あるから、先にこっちを片付けちゃいましょう。今度脚立《きゃたつ》に上るのは誰の番だっけ？」

「あっ、私です」

「体重で脚立壊すなよ葉月」

「そんなこと言ってると、上から回し蹴《げ》りするわよ。顔をストンピングでもいいわよ」

ヒザを上下させる。鼻の骨が折れるわ！

「葉月ちゃん、そんなことしたらパンツ見えちゃうよ」

奏先輩のありがたい助言になだめられて、葉月は文句の言葉を無理やり飲みこんだ。

た、助かった。

気を取り直した葉月が脚立の一段目につま先を掛けると、ぎりぎりと脚立が鳴った。

あっ、と葉月は小さく声を出すとバランスを崩してしまった。「大丈夫？」と駆け寄る先輩たち。

「んもう、アンタがしっかり下を支えないからでしょ！」

「私も下を支えるわ」

と、麻夢子先輩がしゃがみこんで、俺と反対側の脚立の足をガッチリとホールドする。

そして葉月は俺を一瞥《いちべつ》すると「ふんっ」と鼻を鳴らして顔を背けた。

怒らせてしまったみたいだ。

「上向いたらホントに怒るから」

「へいへい」

再び脚立を上り始めると、血管まで透き通るほど真っ白な太ももが目の前を横切る。

黙っていればいい感じなんだけどな……。

「はい、じゃ古いほうの蛍光灯外すからしっかり脚立の脚を支えててよ」

「あいよー」

頭上でガチャガチャと音が聞こえる。

俺が大丈夫か、と言おうとしたところで、「ふー」と大きく息をついて、葉月は俺に切れた蛍光灯を渡してきた。

「はい、じゃよろしく」

奏《かなで》先輩が新品の蛍光灯を横から差し出す。

再び頭上からがちゃがちゃと金属同士が擦《こす》れる音が響く。

「ソケットの位置をよく確かめて入れるんだぞ」

「分かってるから！」

そういえば昔からアイツは家電やデジタル製品が苦手だったっけ。

ＤＶＤプレーヤーに雑誌を無理やり入れて壊したり、音楽プレーヤーのイヤホンジャックになぜか爪楊枝《つまようじ》をぶっ挿して壊してたっけ……。

後から聞いた爪楊枝を突き刺した理由は「そこに穴があったから」だったけど、未《いま》だに理解不能だ。

「そういえば昔さ……」

と、俺が言いかけた瞬間、部屋が急に暗転した。

何が起こった⁉

「きゃっ、ちょっと耕哉《こうや》、どうなってんのよ！　真っ暗じゃないの！」

葉月《はづき》も頭上で動転している。

閉架《へいか》図書室には窓がないし、外へのドアも閉まってしまったに違いない。

「俺にもわからない。とりあえずお前は落ちると危ないから、じっとしてるんだぞ」

葉月がパニックになる前に、早く明かりを点《つ》けるか、ドアを開けなきゃ。

ああ見えて、暗いところ苦手なんだよな。

「ちょっと麻夢子《まゆこ》先輩、脚立《きゃたつ》支えてもらってもいいですか？　とりあえず俺は部屋のドアを開けてくるんで」

俺がそう言って脚立から離れた瞬間、

「地震だー」

と、感情がこもっていない言い方の麻夢子先輩の声。

小刻みに揺れる脚立のガシャガシャとした音だけが部屋を支配する。

「やだぁ！　怖いよ！　怖いよ！」

悲痛な声が小さな閉架図書室に広がる。

「ちょっと麻夢子先輩、何してるんですか⁉」

俺がそう言った瞬間、あっ、と小さな声がした。それと同時に身体全体にずしりとした重みと女の子特有の温《ぬく》もりを感じた。

その反動で俺は床へ押し倒されるような格好になってしまった。

弱々しく儚《はかな》げな声が、耳にダイレクトに届いた。

この声、間違いなく俺の上には葉月がいる。

「おい、大丈夫かよ！」

声を掛けても反応はなく、俺の服に必死にしがみつくばかりの葉月。

身体を揺すっても一向に俺から離れる気配はなかった。

必死で声を殺しているけど、鼻をすする音と俺の胸元が濡《ぬ》れてひんやりしてきている、この感覚から間違いなく泣いているんだろう。

「お前も泣き顔を見られたくないだろうから、もう少し暗闇だったらいいのにな」

髪が俺の首筋に当たってくすぐったい。

「うるさい……」

暗闇を怖がるようになったのは、俺たちが幼稚園児だった頃まで遡《さかのぼ》る。

そのときは俺の両親が出張中で、葉月《はづき》の家にお世話になっていたときのことだ。

その日の晩、近所に大きな雷が落ちて、周り一帯が停電した。そして葉月はふいの停電と雷の轟音《ごうおん》に参ってしまい、それ以来、暗闇と雷が極端に苦手なんだ。

そういえば、あの時も俺に抱きついて離れなかったっけ。

「てか、先輩たちは何してるんだ。麻夢子《まゆこ》先輩？」

すぐそばにいるはずなのに返事はない。

「奏《かなで》先輩！　千歳《ちとせ》先輩！」

今度は少し語気を強めて呼んでみるが、やはり返事はない。

と、ドアが勢いよく開き、光が一気に差しこんだ。

「耕哉《こうや》君呼んだ？　って、ごめんね！　間違えてさっき電気消しちゃったみたい」

奏先輩は明かりを再び点《つ》ける。

「交換用の蛍光灯が一本足らないから取りに行こうと思って、この部屋を出たんだけど、部屋を出るときの癖で無意識にスイッチを消してしまったみたい。本当にごめんね！」

そんな顔されると怒るに怒れない。

そうか、そういうことか。

で、麻夢子先輩は？

周囲を見回すと、すぐ近くで横たわっていた。

まさかあの短時間で⁉　そんなバカな。

しかし、すーすーとリズミカルで穏やかな呼吸音。熟睡中みたいだ、ウソだろ。

「ちょっと、起きて」

千歳《ちとせ》先輩が揺すると、ロボットのように目がパチリと開き、俺と目が合う。

「きゃっ、耕哉君と葉月ちゃんったら！　そんな抱きあっちゃって！」

手のひらで目を覆う麻夢子先輩。指の隙間《すきま》から目が見えていますって。

葉月は俺の上に覆いかぶさるように抱きついてる。それはさっきからなんとなく分かってた。

それだけじゃなく、お互いの足まで絡み合っていて、映画のベッドシーンみたいだった。

「んもう、お熱いんだからー。邪魔して悪かったわね」

「うんうん。ラブラブじゃん。フィーバーやで」

「付き合ってるなら、そう言っていただければ色々計らいましたのに……」

同じような口調ではやしたてる先輩たち。そしてパチパチ電気のスイッチを高速で点《つ》けたり消したりする。

他の蛍光灯も切れちゃうかもしれないんでやめてください……。

「ち、ちがいますから！」

葉月《はづき》は目を擦《こす》りながら必死で弁解する。

「早くどきなさいよ！」

「お前が勝手に上から降ってきただけだろうに。言いがかりはやめろよ！」

「あーまたはじまっちゃった……」

腕を組んで傍観する先輩たちは呆《あき》れ顔だ。

「蛍光灯なんだけど。取りに行く途中で声が聞こえたから戻ってきちゃったの。耕哉《こうや》君、取りに行くの頼んでもいい？」

奏《かなで》先輩は俺に哀《あわ》れみにも似た微笑を投げかける。

「はい！　今すぐ行きます！　行かせてください！」

「何よアンタ、逃げるつもり？」

ドアに駆けこもうとすると、首根っこを思い切りつかまれてしまう。

「いたた。俺は先輩様の命を受けてだな……」

「それを逃げるって言うのよ！」

「ほらほら。可愛《かわい》い顔が台無しよ、葉月ちゃん。耕哉君に悪気はなかったみたいだし、その辺で許してあげたら？」

奏先輩が言ったからか、やっと俺から離れてくれた。

ふーよかった。あのままじゃ身体にも心臓にも悪いもんな。

「それじゃ、蛍光灯取りにいってきます！」

俺はダッシュで閉架《へいか》図書室から脱出した。


無事ミッションを終えて戻ると、何やら閉架図書室の奥から声が聞こえてきた。

「だから葉月ちゃんは……耕哉君に……ばいいのよ！」

ところどころ聞きとりづらいけど、千歳《ちとせ》先輩が葉月と何かを話しているみたいだ。

閉架図書室の入り口ギリギリまで近づくと、鮮明に声が聞こえる。

「本当よね、わたしたちがこれだけお膳立てしているんだから、もう少し素直になってもいいんじゃないかな」

続いて奏先輩の声が聞こえる。

「さっきだって、わたくしがあんな素晴らしいチャンスを作ってあげたのに！　まさか暗いところが苦手だったとは想定外でしたけどね……」

麻夢子《まゆこ》先輩の気丈な声は続く。

「葉月《はづき》さんは耕哉《こうや》君のことが好きなのでしょう？　一緒にもっといたいのでしょう？」

「それはそうですけど……。私、本当に不甲斐《ふがい》なくて、ごめんなさい。先輩に色々してもらったのに……」

「別にいいのよ。葉月ちゃんの協力のおかげで彼を水泳部に入部させることが出来たから」

会話の内容はともかく、先輩たちの冷静な話し方が怖い。

頭が混乱してしまって手から蛍光灯が滑り落ちる。

カチャンと乾いた音が響く。

「!?」

一瞬にして閉架《へいか》図書室に沈黙が訪れる。

「耕哉君、そこにいるの？」

と、奏《かなで》先輩。足音がゆっくりこちらに近づく。

これは不味《まず》い……。

「あ、はい。いますよ」

「どこまで聞いたの？」

感情を押しつぶすような言い方だった。

「葉月が先輩たちに協力して俺を水泳部に無理やり入れたって話ですかね。あと、葉月が俺と一緒にいたいからって話も」

ウソをついても仕方ないので、正直に返答する。

「耕哉君……」

奏先輩が言いかけた瞬間、葉月が駆けだす。振り乱れる髪の隙間《すきま》から覗《のぞ》いた頬《ほお》は真っ赤《か》に染まり、目尻《めじり》からは涙の筋が細い糸を引いていた。

さっきまでの涙とは違う感じだった。

「ちょっと葉月ちゃん！」

千歳《ちとせ》先輩の呼びかけも無視してしまう。

「おい！」

と、小さくなる後ろ姿に向かって叫んだけれど、それっきり葉月は戻らなかった。

「あちゃー……。耕哉君、これは責任取らないとあかんで」

「ですね。ここは男らしくね」

千歳先輩と麻夢子先輩は葉月を見送ってから、少しだけ真剣な感じで言った。

「責任って……。俺はどうしたらいいんですか？　てか、さっきの『葉月が俺と一緒にいたいから』って……」

「もうこうなったら、はっきり言うしかないわね……。鈍いフリしたってダメよ。葉月ちゃんはキミのことが好きなの。うすうす気付いていたでしょ？」

覚悟したように、奏《かなで》先輩が俺を遮《さえぎ》った。

衝撃発表すぎて、頭がぐちゃぐちゃに混乱して声が出ない。葉月《はづき》が俺を……？

「そもそも、ウチたちと葉月ちゃんは中等部からの付き合いなんよ。それで葉月ちゃんに『耕《こう》哉《や》君を水泳部に入れるのを手伝ってくれたら葉月ちゃんの恋愛成就《じょうじゅ》に協力するよ』って提案したから今の耕哉君があるんやで」

今度は千歳《ちとせ》先輩が続ける。

「マ、マ、マジっすか⁉ い、いや、たしかに葉月と俺は幼なじみですし、仲はいいですけど」

「ただの仲良しで納得できてたら、普通はあんなひどい作戦に手を貸さないわよ」

そして奏先輩がさらっとゲロる。ひどい作戦って、そんな……。

「い、いや。で、でも、葉月は幼なじみですし、いつも一緒なんですよ？ す、好きとかそんな……」

「葉月ちゃんは真剣なのよ。耕哉君ともっと一緒にいたいって、ずっと想ってたのよ……。そろそろ気持ちに応《こた》えてあげてもいいんじゃないの？」

「そ、そ、そんな急に言われても。それに葉月は俺のこといつも殴りますし……」

「気持ちを素直に伝えるのは、すごくすごーく難しいことなんですよ」

麻夢子《まゆこ》先輩が俺と目を合わせず、すかさずフォローする。

「ま、そんなわけで、さっさと付き合っちゃいなさいよ！ 葉月ちゃんは優しいし、可愛《かわい》いし、スタイルもいいし、放っておいたら誰かに取られちゃうかもよ？」

と、奏先輩はさらに俺たちの付き合いを推す。

そんなこと突然言われても……。でも、葉月が誰か他の男と付き合っていたら……なんて想像したら、よく分からないけど、ぶっちゃけ胸糞《むなくそ》が悪くなった。

「ただ、何度も耕哉君を騙《だま》すようなことして入部させたのは、ちょっと悪かったって思ってるのよ。耕哉君もこんな裏があるなんて思っていなかったでしょ」

奏先輩が肩を落としながら反省した様子で続けた。千歳先輩も麻夢子先輩も苦い表情だった。

「そ、それは確かにそうですけど……。でも、水泳部に入ったこと自体は何かの縁かな、と思ってるんですよ」

俺が正直な気持ちを笑って伝えると、三人の表情が安堵《あんど》へと変わる。

「耕哉君、そう言ってくれて嬉《うれ》しいわ。ありがとう……」

「そうなんや……。ほんまにありがとうね」

「わたくしも。ありがとうございます」

先輩たちは揃《そろ》って改めて俺に深く頭を下げてくれた。

「いやいや、頭を上げてくださいって。俺は別に怒ってないですし！　それより葉月を何とかしないと……。てか、何も逃げなくても……」

頭を上げた先輩たちの顔には明るさが戻っていたけど、今度は俺が葉月の泣き顔を思い出してしんみりした気分。アイツが泣くと俺もテンション下がるんだよなぁ。

「葉月《はづき》ちゃんにも悪いことしたわね……」

奏《かなで》先輩が髪を指先にくるくる巻きつけながら真剣に悩んでくれていた。

「わたしたちからも葉月ちゃんに連絡取るから、耕哉《こうや》君からもお話してもらってもいい？」

「は、はい。わかりました」。


俺は帰宅後、さっそく葉月の家に向かった。機嫌を取るための貢物《みつぎもの》じゃないけど、帰りのコンビニで買ったチョコチップクッキーを持って。

葉月はスーパーでもコンビニでも、さくさく生地にゴロゴロとチョコレートが埋めこまれたクッキー「田舎《いなか》風お母さん」をほぼ必ず買う。改めて聞いたことはないけど、多分好物だ。


とりあえず俺はクッキー片手に玄関の前に立つ。チャイムを押そうとするが、妙に緊張して一瞬躊躇《ちゅうちょ》してしまった。

こんなに緊張して葉月の家に来たのは幼稚園の頃以来だった。あの時は確か、砂場で遊ぶスコップの取り合いでケンカになって、一方的にボコられたのになぜか俺が悪いことになって謝ったんだっけな……。

そんなことを思いながら、改めて気を取り直して、小さなボタンを押すと、玄関の向こうから反響するように小さなチャイムの音が聞こえてくる。

……。

…………。

……………。

あれ、出てこない……。

いつもならすぐに反応があるのに、チャイムが鳴り終わっても玄関は沈黙を守っていた。もう一度押すがやっぱり反応がなかった。

留守か？

「留守ですよ」

これで最後にしよう、と押した三度目のチャイムが鳴り終わり掛けたとき、インターホンのスピーカーから小さな声が流れた。

「そんな、寝ている人に『寝てますか？』と聞いて『寝てます』と返ってくるみたいなベタな」

「うるさい……」

俺の話を遮《さえぎ》った鼻声は抑揚がなかった。

「いるんだったら開けろよ」

「イヤ……」

「大体なんだよ、お前さー。急に帰るし、意味わかんなすぎるぞ」

「そんなこと言いに来たなら帰ってよ」

さっきまでとは打って変わったとりつくしまもない言葉を吐き捨てるような冷たいトーン。

「とりあえずこれ買ってきたからさ」

俺はスピーカー横のカメラレンズに向かって、クッキーの箱を見せる。

「そこ置いておいて……」

なんだよ、これは受け取るのか。

「とりあえず元気だせよ」

俺はクッキーの入ったビニール袋を玄関ドアに引っ掛けて撤退した。

ミッションは失敗。さて困ったな……。


翌日。目が覚めるといつもより日差しがまぶしい。

「んー」と、思い切りのびをして一息つくと目覚まし時計が目に入る。時刻は午前八時丁度。

普段よりも三十分以上遅いお目覚め。えっと……どう見ても完全に寝坊です本当に（ｒｙ
俺は何も食べずダッシュで家を出た。

いつもなら葉月《はづき》が布団《ふとん》を引き剥《は》がしたうえに蹴《け》っ飛ばしてでも起こしてくれるのになぁ……

なんて走りながらシャツのボタンを留めて思う。

まぁ昨日あんなことがあったんだし、来なくて当たり前か。

教室に着くとギリセーフ。良かった。

葉月はすでに教室にいて、クラスの女子と楽しそうに話している。思ったより元気そうでほっとする俺。

ホームルームが始まると葉月は席に戻ってくるなり、

「おはよ、耕哉《こうや》」

と、普段と同じ感じだった。

「お、おう。おはよう」

「ごめんね、耕哉。今日は起こしに行ってあげれなくて。すっかり忘れてたわ」

担任が来ると手のひらを口に当ててこそこそ話す。なんだ、いつも通りじゃん。

いや待て、入学以来毎日してたことを忘れたりするか？

「ま、そんなこともあるさ。うん」

とりあえず茶を濁《にご》す選択肢を選んだ俺。前を向いてニコニコしている葉月。

なんか怖いぞこれ……。

「ほら、俺もいつも起こしに来てくれて実はありがたいんだぞ。うん、ありがたい。ありがたや」

焦って口を開いて出たのは、よそよそしく持ち上げる言葉だった。

「何を急に言ってるのよ。キモい」

ですよね。いやでも、キモいと言われて少し安心する。調教されすぎだな俺……。

「だから、また起こしに来てくれよ。そ、それに、き、昨日は突然だったから、どうしたらいいのか分からなくてさ……。す、す、す、好きなら好きってはっきり言ってくれれば、お、俺だってさ……」

葉月《はづき》は頬杖《ほおづえ》を突いて、黒板を見つめている。

「なぁ」

レスポンスがないので呼びかけるが、やっぱり葉月は気だるそうに前を向いたまま。

意味分かんねぇよ……

俺が独り言のように嘆くと携帯が震えた。奏先輩《かなで》からのメール。

『どうだった？　仲直りできた？』

『ちょっと難しいっすねぇ(´・ω・`)』

打ち終わってふと横を向くと、やっぱり葉月は同じ姿勢、表情のままだった。

「おい」

俺の呼びかけに今度は無視を決めこむ葉月。

「そこ！　静かにしろ」

と、担任に注意されて頭を下げる俺。

もう、なんだって言うんだよ……。

机に突っ伏して目を閉じると、水泳部のこと、先輩たちの顔、なんだか遠い過去の話のように感じる葉月の笑顔がぐるぐる頭をよぎる。

その日から、葉月は俺の呼びかけはおろか、いくら話しかけても一切返事をしなくなった。
毎朝起こしに来なければ、泊まりにも来ないし、夕飯も作りに来ない。
そして水泳部に顔を出すこともなくなった。

女子率の高すぎる水泳部で色仕掛けに負けた俺

第5レーン

バトル・オブ・スク水メイド

葉月《はづき》から無視されだしてから約二週間が経《た》った。

俺は登下校途中に見かけるたびに声を掛けたり、教室でも自分から挨拶《あいさつ》し続けた。

普段しないような笑顔を頑張って作ったり面白い顔をいくらしてもスルー。

主人公が幽霊になって誰からも存在を気付かれない……なんて映画をテレビで見たことあるけど、まさにそんな感じ。アイツには俺が見えてないみたいだ。

いや、ただ無視されてるだけ。

正直、反応が一切返ってこないのは意外とキツいな。さらっとスルーされるたびに自分の中の大切な何かがガリガリ削れているような……。

ちなみに部活はといえば、通常運行を続けていて、俺はマジメに顔を出し続けていた。

俺が部室のドアを開けようとした瞬間、ゴホンゲホンと咳《せき》をしながら先輩たちが勢いよく出てきた。

扉の中には白い煙がもくもく充満している。

「先輩たち、何やって……いるんですか……」

スパイシーかつ花火を燃やした後のような香りの煙が目に入り、俺は思わず刺激から逃れようと目をギュっと閉じる。

「何って、じっけ……」

「料理よ！」

麻夢子《まゆこ》先輩の言葉を遮《さえぎ》る奏《かなで》先輩。ふたりとも花粉目薬のＣＭみたいに目が真っ赤《か》だ。

続いて千歳《ちとせ》先輩が、顔についた黒いススのような汚れを拭《ぬぐ》いながら出てきた。

よく見れば三人はエプロン姿で、絵でも描いていたかのように色とりどりの汚れがついていた。奏先輩の制服＋エプロン姿のコンボに顔がニヤけそうになるが、ここは我慢だ。

「で、何してたんですか……？」

俺は煙から目を背けながら聞きなおした。

「だから料理よ！」

奏先輩がびしっと人差し指を向ける先は、煙にかすんだ部室奥のキッチンスペース。部室には麻夢子先輩の財力によって、そこらのマンションよりも立派なシステムキッチンが備え付けられていた。

といっても、お茶を入れるくらいしか活躍しているのを見たことないけど。

煙があらかたはけたのを確認してから、俺たちは部室に入る。

「どう？　成功したかな？」

心配げな顔で麻夢子先輩に尋《たず》ねる奏先輩。

「多分……」

と、コンロに置かれた鍋に駆け寄ってフタを開ける――と一気に煙と火花が噴き出す。

なぜ鍋の中から火花!?

あちちっとか言いながらフタを持ち上げると、溶接でもしているかのような真っ赤《か》な火花が噴き出る。

「火事になっちゃいますよ！　先輩！」

思わず俺は傍《そば》にあったバケツを掴《つか》んでプールに水を汲《く》みに行こうとするが、

「この部室の壁は耐火、防炎だから大丈夫よ！」

キリっとした麻夢子《まゆこ》先輩。

いつの間にか溶接用の鉄仮面を顔に当てている。

いやいや、そうじゃないだろ。大丈夫かこの人……。

「また失敗だわ……火力が足らないみたい」

火花が収まったのを確認してから鍋の中を麻夢子先輩が覗《のぞ》きこむ。

「花火の量が足らないのかしら……」

奏《かなで》先輩が、「よいこの花火セット」と書かれたビニール袋を片手に言った。

やっぱり花火だったんだ……。

「とりあえず味見してみましょうか」

奏先輩が俺を見つめる。

じー。

目をそらそうとすると、他のふたりもこっちを見ていた。

　圧倒的な威圧感。

「えぇ……。そもそもなんですかこれ……」

　この流れでは、どうせ食べざるを得ないと理解しているからこそ、一応聞いておく。

「新メニュー、鍋焼きクッキー直火焼き仕上げbyファイアワークスよ」

　麻夢子先輩が声を張り上げて、壁に掛かっているホワイトボードを叩《たた》く。

　ホワイトボードには難しげな化学式と鍋の絵が描かれている。

「まぁ簡単に言えば、花火の火力を利用して鍋の中で焼いたクッキーってこと」　千歳《ちとせ》先輩が補足にならない補足を自信たっぷりの笑顔で告げた。

　いや、花火じゃ焼けないだろ……。

　どう考えてもまともとは思えないけど、話を聞けば聞くほど口に入れられなくなりそうだ。

「分かりました、一口お願いします」

　だから、さっさと観念することにした。

「あら、素直じゃない。じゃ、あーん」

　憧《あこが》れてた奏先輩のあーんとか涙ものだ。

　顔に近づく指先を見るとゴム手袋。新しい趣味に目覚めそうだぜ……。

　じゃりっじゃりっ……。

口に入った物体をそっと噛《か》みしめるたびに、嫌な食感が口の中に広がる。

そう、たとえるなら……幼いころに砂場で転んだときに間違って噛みしめた砂。

そして遅れて鼻に抜ける胡椒《こしょう》と塩分……。

「おえぇ……」

耐えきれずに舌を出して口を広げる俺。

麻夢子《まゆこ》先輩は俺の苦悶《くもん》の表情に爆笑しながら、「はい、チーズ」とポラロイド写真を撮る。

「味付けにも工夫が必要みたいね」

どこかあっさりとした奏《かなで》先輩の言葉に、うんうんと頷《うなず》く千歳《ちとせ》先輩。

味付け以前の問題ですよね、これ……。

「だいたいなんですかこの料理は！」

「だから鍋焼きクッキー……」

「そ、そういうことじゃなくて！」

だめだ、話になりそうにない。

壁に張られたさっきの写真から、じわぁと俺の苦悶の顔が浮かび出るのを見ながらまた楽しそうに麻夢子先輩が笑っている。

「学園祭に向けたメニューを作ってたのよ」

レシピのようなものが書かれたメモを片手に千歳先輩が答えてくれた。

「学園祭？」

「そうそう、喜多学《きたがく》では前期最後の日に学園祭をやるのは知ってるわよね？　そこで出し物としてカフェをやろうと思ってるのよ。部活で出し物をすれば実績になるし、半期で三つの実績もこれで晴れてクリアってワケ。それでカフェのメニューを考えていたの」

奏先輩が一歩前に出る。

やっぱり部長だけあって実績のことをきちんと考えてるんだな。

「なるほど……じゃ、頑張らないとですね。でもメニューはもっと普通のでいいじゃないですか？　ほら、こないだのお土産《みやげ》の紅茶とか、田舎《いなか》風お母さんクッキーを買って出すとか」

「ホント何も分かってないわね」

ちっちっちと人差し指を立ててダメ出しする千歳先輩。

「は、はぁ」

「学園祭の売上は恵まれない子供たちに寄付されるの。それにも増してたくさん売上があれば、ウチたちの部としての実績もアピールできるってワケ。つまり、攻めの姿勢が大事やねん」

「な、なるほど」

アプローチの方向はともかく、言わんとすることはうっすら分かる。

「で、独創的なメニューでお客さんを多く呼ぼうって魂胆《こんたん》ですか」

「さすが耕哉《こうや》君、鋭いわ！」

「でも、どうしてこんな料理になっちゃったんですか？」

こんな、と言ってもバチは当たらないだろう。まだ口の中にイヤな食感が残ってるし。

「お祭りと言えば花火だし、ほら誕生ケーキにも花火じゃない？　それに〝直火焼き〟ってオシャレな感じだし……。それにスイカにお塩をかけると甘くなるし……とにかく組み合わせが大事なの！」

ホワイトボードに羅列された材料をチェックしながら奏《かなで》先輩が首をかしげる。いかにも「どうして美味《おい》しくならなかったんだろう」という表情だった。

確かにひとつひとつの要素はそれっぽい。が、なぜすべてをミックスしようと思ったのか。

「はっきり言って、これはダメです」

こういう時はきちっと否定して軌道修正を促すしかない。

食中毒を出して保健所の人とかが来たら困るし。

がびーん！　という表情の三人。むしろこれで自信あったのか、先が思いやられてしまう。

「そんなこと言うなら耕哉《こうや》君がやってよ！　大体わたしたちは意外と料理は苦手だったりするのよ！」

全然意外じゃないですし、なんで逆ギレされてるのかな、俺……。

葉月《はづき》曰《いわ》く、レシピの分量や加熱時間をしっかり守ったり、料理には生真面目《きまじめ》さが不可欠らしい。そしてその理屈だと先輩たちには――。

すっかり飽きた様子で、だらりとイスに座ってしまった三人を見て、そんな思いが去来する。

「こういうときに葉月がいればな……」

独り言のようにつぶやくと、

「葉月ちゃんは料理が得意なの？」

身体を上げて千歳《ちとせ》先輩が聞いてきた。

「アイツのいいところって料理が上手《うま》いところだと思うんです。親が忙しくて自炊する機会も多いですし」

「へー、そっか、おうちにお父さんお母さんがいないことが多いって言ってたっけ。その理屈なら耕哉君も料理上手なんじゃ……」

俺への期待からか、目が輝く一同。

「残念ながら、それはないです」

その半分を言い終わる前から、しょぼんと皆の身体の力が抜けた。

確かに俺の両親も家を空けることが多いが、そんなときは大抵買い食いで済ませたり、葉月が作ってくれていた。俺の料理に関連するスキルなんて、時計に頼らなくてもカップ麺が出来上がるタイミングが分かるだったり、冷凍食品の説明を見なくても、レンジで何分加熱すれば良いのか分かるくらいだ。

「うちの親がいない時は葉月が作ってくれてましたから……。今は毎日コンビニ弁当か宅配ピザですけどね」

葉月《はづき》から避けられるようになってから、我が家から出るゴミの量が急激に増えた。

ゴミを構成する主な要素は、出来合いの惣菜《そうざい》とか弁当が入っていたプラスティック製容器だけど。

「そっか……。それも仕方ないよね。やっぱり仲直りできないの？」

奏《かなで》先輩が頬杖《ほおづえ》をついて、そう言ってくれた。

「頑張ってはいるんですけどね……」

「わたしたちもメール送ったり電話したりしてるんだけど、なしのつぶてなのよねぇ」

携帯を確認しながら、奏先輩がため息をつく。

「もう部活にも来ないのかなぁ」

はぁ、と千歳《ちとせ》先輩も力なくつぶやいた。麻夢子《まゆこ》先輩は「電話にでんわ」と小さな声で言ってクスクスしてたけど、やっぱり元気がなくなった。

しばしの沈黙の後、奏先輩が同じくらい重い感じで言う。

「でも学園祭を成功させないと廃部なのよね、水泳部……」

確かに上半期に実績三つが必要ということは、残るチャンスは学園祭だけだ。

「葉月ちゃん抜きで何とか頑張るしかないってことですか」

麻夢子先輩は悟ったかのように天井を見上げる。

「とりあえず出し物をきちんと考えましょう。さっきのメニューはダメですから」

「他にもアイディアあるのよ……」

言いかけた奏先輩が持っていたメモ帳には「アメンボウ」とか「電気」とか、料理にはおおよそ関係のないキーワードが書いてあった。

何するつもりだったんだろう。

「ウチたちにできることなんて、はっきり言って何もないわよ」

胸を張る千歳先輩。

「そうそう、売れるものなんて言ったら身体くらいですし……」

続けざまに胸元を自分で覗《のぞ》きこむ麻夢子先輩。

売らなくていいですから！　そもそも意味分かってるんですか⁉

「あっ、せっかく水泳部なんだから水着で接客するカフェにしてはどうですか？　見た目で勝負すればメニューの粗《あら》も目立たないですし……」

いいアイディアとばかりにぱっと目を見開いて、そう続けた。

「ええやない、部活で水着を着るって発想はなかったわ」

千歳先輩がうんうんと感心する。

でも確かに、見た目のインパクトがあればメニューに凝《こ》らなくても集客できるかもしれないぞ。

「場所はどこを使う予定なんですか？」

「せっかくプール掃除もしたんだし、プールサイドにテーブルとイス置いて喫茶店にしちゃいましょうよ」

奏《かなで》先輩が部室を出てプールサイドを色んな角度から見ている。

確かに一般的な学校プールとは比較にならない広さのプールサイドだし、カフェスペースにも十分だ。

「いいと思います。ですけど、なんていうか……。水着オンリーの衣装は刺激的すぎるので上に何か着た方がいいと思います。クレームとか来たら大変ですし」

「確かに実績が認められなかったら意味ないもんね……。じゃエプロンを上に着てメイドさんみたいな感じにしようよ。カチューシャとかもつけて！」

奏先輩、何その斜め上の提案。そんなお寿司と焼き肉を混ぜるような組み合わせがいい感じになる訳が……。

と、一瞬にして奏先輩が、俺の脳内３Ｄモニター上でスク水＋メイド姿に着替えた。

これは……むしろイケる！

「スク水とメイド、イケますよ！」

「あ、競泳用水着じゃなくてスクール水着のほうがいいの？」

若干認識が噛《か》み合ってなかったみたいだけど。でも、その方がいいと思う。

「メイドってきちんとしたイメージですし、スクール水着のマジメなイメージとも合うと思うんです」

うん、我ながら素晴らしい理屈だ。

「じゃ、メイド服を買いに行かないとね」

「ドソキホーテに売ってるんじゃない？」

「今度のお休みに皆で行こうか」

勝手に三人で話が進んでってる。

「ということで、今度の日曜にメイド服を買いに行くことになりましたー。お昼に現地の駅前集合ってことで」

学園祭の準備が進むのはいいんだけど、ずっとこのまま葉月《はづき》抜きなのかな……。

▲

そして週末。

俺が駅の改札を出ると、すでに先輩たちは待ち合わせ場所に指定した噴水の前にいた。

一応部活動のうちってことで、みんな制服姿。先輩たちの華やかなオーラは、大分離れた場所からでもすぐ分かる。

あんな美少女が三人もいたら、街の男は放っておかないんじゃないだろうか……。

そんなことを考えつつ、先輩たちに近づく。

「あっ、耕哉《こうや》君おはよー」

と、手を振る先輩たち。

「耕哉君遅刻だよー」

奏《かなで》先輩に言われて駅の時計を振り返ると、待ち合わせ時間から三分くらいオーバーしてた。

電車の到着時間はちゃんと調べたけど、乗り継ぎを間違えて遅刻のパターン。

「あっ、すみません。電車を間違えてしまって……」

「先輩を待たせたってことで、罰ゲーム決定やで」

俺の言い訳は「お構いなし」って感じで、千歳《ちとせ》先輩が意地悪く笑った。

他のふたりも無言で頷《うなず》く。

「そうね。荷物持ちをしてもらうってのはどうかしら？」

と、麻夢子《まゆこ》先輩が提案したのを聞いて、思いのほかマイルドな内容にホッとした。

「分かりました。今日は買う物も多そうですし、先輩たちの荷物持ちしますよ」

ヘビーな要求に変わらないうちに、素直に受け入れた。

「じゃ、よろしくね」

奏先輩は満足そうに笑顔を作った。

「てか、罰ゲームなんて、葉月《はづき》みたいなこと言わないでくださいよ！」

「そうよね。耕哉君のお仕置き要員は葉月ちゃんだもんね……」

奏先輩が口をへの字にして続けた。

あながち間違ってないけどさ。

「今日だって、葉月ちゃんも来ればいいのに……。今からでも遅くないですし、誘ってみてはいかがでしょうか？」

そう言うなり、麻夢子先輩はポケットから携帯電話を取り出した。

「ここは耕哉君がやらなあかんでしょう」

今度は千歳先輩が俺を見つめる。

「出てくるか分からないですけど、とりあえず連絡してみますね」

俺は葉月の携帯に、駅前のドソキホーテで学園祭の買い物をみんなでするとメールした。

来たらいいなぁ……。


ということで、途中ごたごたしたものの俺たちはドソキホーテにやってきた。

目的地のドソキホーテは、食品から雑貨、パーティグッズ、コスプレ衣装まで売ってる商業施設で、店内に流れている曲が「洗脳ソング」と呼ばれるほど耳に残ることでも有名だ。

麻夢子先輩が入り口でカゴを手に取ると、店内に流れている例の曲に合わせて鼻歌を歌い始めた。

店内を見渡すと、床から天井高くまでお菓子やら化粧品やらがうず高く陳列されている。客層も子連れからド派手な化粧姿の女の子、お婆《ばあ》ちゃんまで。それぞれが思い思いの商品を手に取っている。

住めるなココに……なんて思っていると、

「とりあえずお目当ての物を買ってから他のものを見ましょうか」

同じくきょろきょろしていた奏《かなで》先輩が提案した。

「えっとー、上の階みたいですわね」

案内板を見た麻夢子《まゆこ》先輩の先導で俺たちはエスカレーターを上る。

横の鏡に映る先輩たちは校内で見る以上に容姿が良く見えて、その後ろについてまわる俺はまるで金魚のフンか下僕にしか見えない。

いかんいかん、つい男子校仕込みのネガティブシンキングが発揮されてしまう……。

目当ての階に到着。

「メイド服はどこですか？」

その辺にいた黄色いエプロンの店員に奏先輩が聞くと、優しく場所を答えてもらってた。

そりゃこんな可愛《かわい》い子がお客さんで来れば優しくもなるよなー。しかし、その後ろにいた俺の姿を見て店員は「お前がこの子たちに着せるのかよ!?」と言わんばかりのギョッとした表情を作った。

だったら悪いかよ……。

「やはり、エプロン単体では売ってなくて、メイド服ならあるそうです。なんだか照明が暗いですね」

案内された先は照明が暗かったり、赤色だったりで少し怪しい雰囲気《ふんいき》。

「あっ、メイド服あったでー！」

千歳《ちとせ》先輩がエプロンとスカートがセットになった衣装を見つけてきた。

よく見れば妙にサイズが小さいというか、布の面積が少ないというか、俺の想像していたメイド服と何か違う。

メイド服ってこんなんだっけ……？

「せっかくだし、とりあえず試着してみましょうよ！」

衣装をそれぞれ持って「覗《のぞ》いちゃダメだからね！」と言い残し、試着室へ入っていった。

先輩たちが着替えている間、他に展示されている衣装を見渡すと、スイカを持ち運ぶときのヒモみたいな水着とか、隠すべきところだけ穴の空いた全身タイツとかがずらりと並んでいる。って、ここはアダルト用のコスプレ衣装コーナーじゃ……。

「これで本当にいいの？　なんだかスースーするんだけど……」

「こんなもんじゃないの？」

奏《かなで》先輩と麻夢子《まゆこ》先輩が壁越しに会話している。

俺は着用姿を想像して思わず唾《つば》を飲みこむ。

そして「どう？」と勢いよく試着室のカーテンが開き——うん、予想通り。

俺に激震が走る。

「おいいいいいいぃぃぃいいいいいいい」

スカートはパンツよりも短く、おっぱい部分はギリギリ隠れて——え？　隠れてないような
……。

常時見えっぱなし……だと……？

「どう？」

奏先輩が腰に手を当てて振り返ると、まん丸のお尻《しり》と薄ピンクのパンツが半分以上見えている。

俺の眼球は千歳《ちとせ》先輩と麻夢子先輩の姿も網膜から脳味噌へ流しこんでいた。

あぁ、今日は白レースのと、緑色の縞《しま》ですか。

ありですね。

「すみません、お、おれ、もうムリっす……」

ぜぇぜぇと息を上げて、がっくりギブアップする俺。これ以上の刺激を受けたら、心不全を
起こして死んでしまうかもしれない。

「やっぱりこのメイド服、変よね。エプロンもおへそのところで切れちゃってるし……」

俺には一切構わずといった感じで奏《かなで》先輩は鏡で自分の姿を見てから、

「違うのはないのかしら」

と続けた。

「た、多分、他の階に行けばあると思いますよ……」

「おかしいわねぇ。このフロアはアダルトグッズって書いてあったのに」

なんともつまらなさそうな表情の麻夢子《まゆこ》先輩。

アダルトグッズって自分で言ってるし！　確かに「そういう用途」のメイド服もあるのかもしれないけど、今回買うのは違いますからね！

俺たちは足早にアダルトゾーンから離脱して、健全なコスプレコーナーへ移動した。


「今度こそあるかしら」

明るい蛍光灯の下に照らされた衣装たちを眺めながら、千歳《ちとせ》先輩が尋《たず》ねる。

宴会なんかで使うような着るだけで、流行《はや》りの芸人さんになれるようなセットやナース服なんかが売ってて、さっきのフロアとはまったく違う雰囲気《ふんいき》。

「今回は大丈夫そうですね」

「って、早速ありましたわよ」

メイドさんの写真がプリントされたメイド服セットが入った袋を麻夢子先輩が手にしていた。

うん、パッケージの写真を見る限り、俺がイメージしてた通りのメイド服だった。

「あっ、これならカチューシャとか靴下もついてるし、ええかも」

千歳先輩は言いながら顔を綻《ほころ》ばせた。

「せっかくだし、これも試着しとこうか」

奏先輩の声に合わせて皆でまた試着室へ。

カーテンの中からきゃっきゃ聞こえて、なんだか楽しそうだなぁ。

そういえば葉月《はづき》と一緒に買い物に行くと、服を選んだり試着で待たされたりして色々長いんだよなぁ。優柔不断で「どっちのほうが似合ってるかな」とか俺に聞くくせに、結局アドバイス無視するし。

今何してんだろ……。

そんなことを考えていると、試着室のカーテンが開いた。

メイド服はモノクロカラー、襟《えり》付きワンピース、ふりふりのエプロンとスタンダードなデザインで、はっきり言って三人ともめちゃくちゃ似合っていた。

これなら学園祭での成功は間違いなしだよね。

「さて、と。じゃ次はお店で出すお菓子を買いましょう」

メイド服の会計を済ませてから、俺たちは食品のフロアに移った。

もちろん三人分のメイド服が入った袋は両手で俺が持っていた。

ぶっちゃけ遅刻の罰ゲームは忘れてたけど、先輩たちが会計を終えてすぐに荷物を持とうとしたんだから、俺のパシリ根性は大したもんだ。

「とりあえずクッキーとお茶は定番ですよね」

ずらりと食品が並ぶ棚を、見渡すように背伸びしている麻夢子《まゆこ》先輩。

「ですね。お菓子系は鉄板ですし」

「ホットケーキは？」

千歳《ちとせ》先輩が業務用のホットケーキミックスの袋を抱えて尋《たず》ねた。

「大丈夫ですね、きっと」

「グミは？」

今度は奏《かなで》先輩が俺の返事の前に、カラフルなグミをカゴに入れる。

「うーん、アリじゃないですか」

「あっ、アイスも食べたい！」

麻夢子先輩が冷凍庫のドアを開けてアイスを品定めしていた。

「多分ＯＫ。いやいや、先輩たちが食べる用じゃないですよ……」

次々とカゴに放りこまれる食材たち。

「おやつはいくらまで？」

真剣な眼差《まなざ》しで尋ねる奏先輩。

「三〇〇円ですかね……。って何の話ですか。マジメに考えてくださいよ！」

「あっ、『田舎《いなか》風お母さんクッキー』が安い！」

奏先輩が「激安特価!!」の札がついたダンボールに駆け寄り、袋を手に嬉《うれ》しそうに言った。

みんな楽しそうだし、もういいか……。

「これ美味《おい》しいのよね。しっとりさくさくで……。耕哉《こうや》君は食べたことある？」

「ええ、まぁ。葉月《はづき》が好きでよく買いましたよ」

「そうなんだ……。あっ、試食あるじゃない。食べていきましょうよ」

小さく割られたクッキーが「ご自由にどうぞ」と書かれた容器に入っているのを見つけ、さらに表情が明るくなる。

「はい、あーん」

俺の口にクッキーが近づく。

ここはお言葉に甘えて、あーんと口を開く。

なんだかデートみたいだ。これっていわゆる『リア充』ってやつですか？

どんっ。

クッキーが唇に触れるか触れないかのタイミングで身体に衝撃。クッキーはポロリと床に落ちてしまった。

なんてこった……。悲しすぎる。

「あら、すみません」

女性の声だった。

「大丈夫ですよ」

ドンキホーテは商品をたくさん陳列するために通路が狭めなので、人のすれ違いが難しかったり、ぶつかるなんてことは日常茶飯事だ。

声の主は手を伸ばして、『田舎風《いなか》お母さんクッキー』を鷲掴《わしづか》みすると、すばやくカゴに入れる。

どこかで嗅《か》いだことのある匂いを感じた俺。

あぁ、葉月《はづき》の家で使ってるシャンプーの匂いだ。

ちょっと懐かしくなっている匂いにつられて手の主を見ると——どこかで見た顔。

いや、死んでも忘れない顔がそこにあった。

葉月。

ちょ、おま……。

「葉月ちゃん！　元気だった？　最近部活にも来ないから心配してたのよ！」

しかし、俺が声を掛ける前に、奏《かなで》先輩が目を丸くさせて話しかけていた。

「ええ、まぁ……。ただ買い物に来ただけですから。じゃ、私は失礼しますね」

そっけなく葉月は言い残すと、いそいそと会計に向かった。

「学園祭でカフェの出し物をするの、水泳部として。葉月ちゃんの分の衣装も用意してあるから、良かったら来て！」

袋をガサガサ探ってそう伝える奏先輩。

葉月の分まで買ったとは知らなかった。

「私はおじゃま虫ですから……。参加しないほうがいいと思います」

なんだよ、おじゃま虫って。お前は自分からそんなこと言うキャラじゃなかっただろうよ。

「なんでそんなこと言うんだよ！　お前だって水泳部じゃんか」

目を合わせようとすらしない態度に、正直イラっとした俺は声を張った。

しかし葉月は俺をキッと一瞥《いちべつ》し、

「アンタが大好きな奏先輩がいるんだから、一緒に仲良くやったら？」

と、吐き捨てるように言い、そのまま立ち去っていく。

「待ってるから！」

「少しでも興味あったら来て！」

千歳《ちとせ》先輩と麻夢子《まゆこ》先輩も声を掛けるが、葉月は振り返らなかった。。

かくして、学園祭で水泳部が行う「スク水メイド喫茶プールサイド店」の準備は、葉月《はづき》抜きで進んでいくことになったのだった。

▲

その後の準備も葉月がいないことを除けば、滞りなく進み、俺たちは学園祭当日を迎えた。

喜多学園《きたがくえん》の学園祭は学外にも開放されるので、女の子がたくさんいるイベントということで付近の住民だけでなく、わりと有名らしい。

共学になった今はともかく、女子校の学園祭って響きだけでも何だか楽しそうだもんな……。

いや、今でも大して変わらないか。

プールサイドで接客する先輩たちを眺めながら思う。

事前に分かっていたこととはいえ、スクール水着に白いエプロン、カチューシャとニーソックスの組み合わせは凄まじい破壊力だ。

皆が着替えから出てきたときは、どうしたもんかと思ったぜ。

まぁ、どうにかできたり、どうにかなるもんじゃないんだけど……。

「お客さん、たくさん入ってよかったわね」

休憩に入った奏《かなで》先輩がキッチン代わりの部室で、ジュースを飲みながら人心地ついていた。

先輩たちのビジュアルに支えられてか、俺たちのカフェには朝からお客がひっきりなしに訪れ、常時数十分待ちの状態だった。

「そりゃ先輩たちがそんな格好してたら、誰でも見にいきますって」

男が表に出ても意味がないということで、俺は裏方に徹していた。

先輩たちは俺に女装させて接客させるプランを考えてたみたいだけど、嫌がる俺に女装させたら、その場にいた全員の瞳《ひとみ》から光が消えたので却下《きやつか》となった。

いやぁあれはひどかった……。

なんて考えていたら、さっき注文の入ったホットケーキがいい感じに焼けているのに気付いて、フライ返しを手にする俺。

「大分上手になったわねぇ」

奏先輩が空の紙コップを持ったまま、フライパンを覗《のぞ》きこんでそう感嘆の声を上げてくれた。

生地とフライパンの間にフライ返しを入れて、ひょいと裏返すと見事なきつね色だった。

焦げる前提で考えたメニュー「こんがり日焼けホットケーキ」は、学園祭が始まって一時間もしないうちに、すっかりコツを覚えて普通に作れるようになっていた。

ちなみに、その他のメニューは砕いたクッキーを固めなおして、プール用塩素の形を模した

「カルキ型クッキー」や蛇口からそのまま注いだ「プールサイドの美味しい水」など、無理やり感が多少あるものの水泳部っぽい感じで統一した。

「そりゃ何十枚も焼いてますからね」

言いながら時計を見ると十四時を回っていた。学園祭は十六時に終わるから、残りは二時間弱。早いものだ。

ホットケーキを皿に移し、さっとフライパンの表面にバターを塗ってから次の生地を流せば、バニラエッセンスのこうばしい香りが漂う。

焼けるのを待つ間に、焼きあがったホットケーキに果物のトッピングとハチミツをたっぷり掛ける。

我ながら素晴らしい手際の良さだ。大分慣れてきたってことだなー。

「この調子でよろしくね」

「先輩たちも頑張ってください」

満足げな表情でプールサイドに戻ろうとした足を止めて、

「あっ、ゴミが溜まってるから、捨てるの頼んでもいいかな？」

と、付け加える。

人手不足もあって洗い物をする余裕がないと判断して、今回は食器類を紙皿や紙コップなどの使い捨てでまかなうことにしていた。

もくろみは大正解だった。

予想以上の盛況っぷりにゴミはあっという間に溜まり、部室を圧迫し始めていた。

「火事になったりしたら、大変ですもんね」

俺は今焼いている分を仕上げてから、ゴミ袋をまとめて捨てに行くことにした。

ゴミ捨てついでにプールサイドを覗《のぞ》くと、中年くらいの男性が奏先輩《かなで》と話しながらデレデレしている。

あんな風に鼻を伸ばして女の子と会話してたら人間おしまいだよな……。

と、思った刹那《せつな》、心の言葉がブーメランのように俺のもとに戻って勢いよく胸に刺さった。

グフ……。

苦しすぎる胸を押さえて倒れそうになるのを必死で堪《こら》え、ゴミを持つ手に力を入れなおして歩みを進める。

いやいや、俺は違うから……。

俺はあんなのじゃないし。

違うから……。

「違うじゃないわよ　なに言い逃れしようとしてるのよ！」

俺をあんなオッサンと一緒にしないでくれよ……。

いや、これは現実の声だった。

プールの入り口前で女の子たち数人が誰かを囲んで揉《も》めていた。

リーダーっぽくプンスカ怒ってる女の子はどこかで見たことあるような……。

「だから私は関係ないって言ってるじゃないですか！」

今度は反論する女の子の声。

こっちもどこかで聞き覚えがあるような——って、葉月《はづき》だ。

ということは、あの女の子はあれだ、こないだイチャモン付けてきたハンドボール部の……華耶《かや》先輩だ。

こんな所で何してるんだろう。

それはともかく、輪の中心にいるのが葉月だと分かると、ぶっちゃけ気になって仕方がないし、素通りできる訳もない。

待ってろよ葉月。今助けに行くからな。

「何揉めてるんすか？」

俺がふたりの間に割って入ると、泣き顔の葉月が目に入るが、俺を確認した瞬間、安堵《あんど》の表情に変わった。

って、泣いてたのかよ……。

「あなたは確か水泳部の新人の……」

「弥富耕哉《やとみこうや》です。寄ってたかって、葉月に何か用ですか？」

毅然《きぜん》とした態度で、食いこみ気味に声を張った。

「あたしたちは、こんな出し物が実績にカウントできる訳ないでしょって言いたいだけよ」

さも自分たちがしていることは正義そのものだと言わんばかりの華耶先輩。

「そうよ、何がスク水メイド喫茶よ。はしたない」

「学園の名誉を傷付ける悪行よ」

呼応するように金髪ツインテールと同じく金髪ロングの女子ふたりが続けた。

その後ろには複数の男子生徒が。

みんな揃《そろ》って同じユニフォーム。全員ハンドボール部か。

見覚えのある顔がいると思ったら、貴志《たかし》じゃねーか！

そういえばハンドボールやるって言ってたような。

明らかに俺のこと気付いてるけど、目も合わせようとしないし。

てか、出し物の文句を一年の、しかも準備に携《たずさ》わってない葉月に言う時点で、前提からして違うだろう。

「言いたいことはそれだけですか？　だったら葉月に抗議するのは間違いです」

「何言ってるの、新人君」

片方の眉《まゆ》だけ歪《ゆが》ませて不満そうな華耶先輩。

「葉月《はづき》は最近部活に参加してなくて、出し物の決定にもノータッチなんです。それに部の出し物に文句があるなら俺たち一年じゃなくて、部長に言うべきじゃないですか？」

「う……。まぁ、それはそうだけど……。分かったわよ、奏《かなで》に言えばいいんでしょ」

どこか納得してない風の歯切れの悪い台詞《せりふ》を残して、華耶《かや》先輩がプールサイドへ向かっていった。

「葉月、お前大丈夫か？」

「うん……ありがと……」

しおらしい感じで葉月が、素直に礼を口にした。

「いや、それよりケガとかさせられてないか？」

と、後頭部をガリガリかきながら俺。

「うん、大丈夫。ありがとうね、耕哉《こうや》……」

目尻《めじり》から落ちかけた涙を指先で拭《ぬぐ》いながらつぶやく。

「とりあえず矛先は変えたけど、なんとかしないとな……」

カフェの中で揉《も》め事を起こしたら、色々台無しになってしまう。

「ちょっと俺、先輩たちのところ行ってくるわ」

そう、葉月に言い残して彼女たちの後を追う。

予感は的中していた。

「こんなふざけた出し物で実績作りなんて笑わせるわね。恥ずかしくないの？」

スペースの中央で、奏先輩に向かって抗議している華耶先輩たち。

「どうして、あなたたちにそんなことを言われなきゃいけないのよ！　わたしたちだって一生懸命やってるんだから、放っておいてくれないかしら」

大きな声で言い返す奏《かなで》先輩。

力が入ったこぶしから今にも「ギリギリギリ」と聞こえてきそう。

「何が気に入らないねん……。営業妨害や！」

千歳《ちとせ》先輩もガラの悪い関西弁で続く。

あちゃー、完全にアカン展開や……と俺にまで関西弁が移ってしまった。

やっぱりあの場で追い返した方が良かったか。

「なんだよこれ……」「新しいイベントか？」

先輩たちのやり取りは当然お客さんたちの注目を集め、野次馬まで集まりだしている。

「大体アンタたちは水泳部のくせにプール使ってないんだって？　マジで水泳部の看板が泣くわよ」

わざと周囲に聞こえるような言い方をして衆目を集める。

もう完全にやつあたりだよ、これ。

「大体アンタたちは部活で遊んでばかりだし、部活と関係ないことばかりで実績作ろうとしてるし、卑怯《ひきょう》なのよ！」

「そうよ、わたしたちなんて男子部員入れて大会にも出て頑張ってるのに！」

華耶《かや》先輩と子分たちのターンはまだまだ続く。

ハンドボール部の言い分も一理あるだけに、先輩たちの方が押されている気がする。

「なになに？　面白そうなことしてるの？」

そこへ麻夢子《まゆこ》先輩がニコニコしながらやってきた。

「ハンドボール部の先輩が、こんなのは実績として認められないって文句を言いにきたんです」

「そうなんだ。トイレに行っててすっかり出遅れちゃったなぁ……。あ、そうだ！」

何か閃《ひらめ》いたかのように奏《かなで》先輩たちのもとへ駆け寄っていった。

「じゃ、あなたたちはわたくしたちが競技をしていないから、ダメだと言いたいのね？」

颯爽《さっそう》と参戦して開口一番《かいこういちばん》に挑発するみたいなことを麻夢子先輩が言った。

「まぁそういうことね」

「だったらわたくしたちと勝負してみない？」

え、勝負？　どういうことだ!?

「な、何よ勝負って」

あまりにも突拍子《とっぴょうし》もない話にたじろぐ華耶先輩。

「水泳部とハンドボール部で対決するのよ。そうね、水泳とハンドボールの中間の水球とかどうかしら。もしわたくしたちが負けたら、これは実績として申請しない。どう？」

「ふーん。面白いじゃない。あたしたちは手加減しないわよ？」

てか、麻夢子先輩が勝手に決めたらだめだろ！

「で、奏ちゃんたちはどう思う？」

「いいじゃない。わたしたちの本気を見せてやりましょう」

「ええで。後悔しても知らへんで！」

目の中をめらめら燃やしながら奏先輩と千歳《ちとせ》先輩が応《こた》えた。

完全に売り言葉に買い言葉だし！

そもそも学園祭の出し物を実績にカウントしなかったら「半期に三つの実績」を満たせないんですよ！

そこんとこ、きちんと理解しているんですか⁉

女子率の高すぎる水泳部で色仕掛けに負けた俺

第6レーン

体育会系の遺伝子

プールサイドには多くの野次馬が集まっていた。

なまじ観戦スタンドが充実しているプールだけに、さっきまでの騒動を遠巻きに見てた人や、噂話《うわさばなし》を聞きつけた人が徐々に観客席に押寄せ、ちょっとした競技会以上の盛況っぷりだ。

俺たちはこれからハンドボール部と水泳部の存続を掛けて水球勝負に臨むんだけど、どうしてこんなことになっちゃったんだろうな……。

だいたい水泳部がハンドボール部との口論の果てになぜか水球バトルをするだなんて、展開が斜め上すぎる。

口喧嘩《くちげんか》自体もまるでプロレスのマイクパフォーマンスみたいだったし、集まった人の大半が、余興が始まるくらいに思ってるんだろう。

一般のお客さんも多いな。

で、俺はといえば、水着に着替え済みで準備万端。

思い返せば、プール掃除以来水着を着ていなかったっけ。

うーん、一応水泳部だよな、俺たち。

水泳部の先輩たちとハンドボール部はといえば、着替えに行ったまま戻ってこない。

張り切って早く着替えすぎたかな？

「お待たせ耕哉《こうや》君」

すると、我らが水泳部の先輩方がプールサイドに現れる。同時に観客席から、無数のカメラのフラッシュとシャッターが落ちる音が聞こえる。

先輩たちの水着は、太ももの切れこみが激しく、それでいてノースリーブのハイネックという刺激的なデザインの水着。

そりゃ写真を撮りたくもなるよな。俺も思わず目が釘《くぎ》付けになってしまった。

「廃部にならないように耕哉君も頑張ろうね！」

気合いを入れてストレッチしながら、奏《かなで》先輩が声を掛けてくれた。

「そうですね……」

千歳《ちとせ》先輩が、俺の背中をべしっと叩く。

「気持ちが負けてるやんか。男らしくしゃきっとせなあかんで」

でも、苦手なんだよな、球技って。

しかもこれは試合中にミスって責められるパターンだし。

小学生の頃、体育で野球をしたときのことを思い出す。俺はキャッチボールすら満足にできなかったのに、くじ引きでキャッチャーになってしまった。案の定ワイルドピッチの連続で、チームはノーヒットノーランで負けるという奇跡の偉業を成し遂げた。そして、お決まりの幼さ故《ゆえ》の冷酷《れいこく》な対応が待っていたのだった。

「俺、水球のルールを知らないんですけど……」

「ルールは泳ぎながらゴールにボールを入れて得点するだけよ。今日の制限時間は前半八分、後半八分。メンバーは本当は七人制なんだけど、四対四でやることになったわ」

「他にも決まりとかないんですか？」

「プールの真ん中にボールを浮かべて試合開始よ。本当はそれ以外にもルールがあるけど、今回は細かいルールを省いてやるつもり」

麻夢子《まゆこ》先輩がさらっと答えてくれた。

しかし、なぜ水球のルールなんて知っているのだろう。

「了解です。そうだ、反則とかはないんですか？」

「一応身体をつかんで妨害したり、相手を殴ったり蹴《け》ったりするのはダメだけど……」

「だけど？」

「ほら、水の中だから見えないのよね。だから、相手の悪意に満ちた動きには注意してね」

なるほど、さっきのやりとりを見ている限り、何か起こりそうだ……。

「それからポジションだけど、ゴールを守るキーパーは千歳《ちとせ》ちゃんでいこうと思うけど大丈夫かしら。で、わたくしと奏《かなで》ちゃんと耕哉《こうや》君は攻撃」

麻夢子先輩の役職は伊達《だて》じゃなかったみたいだ。

目が「虎視《こし》眈眈《たんたん》」と言っている。こんなオーラを出してるの見たことない。

「ええでー」「おっけー。頑張りましょう」

千歳先輩と奏先輩も素直に返事をした。

「そうだ、耕哉君。ストレッチが終わったらゴールの設置を手伝ってくれるかしら？」

ストレッチをはじめた俺に、麻夢子先輩が再び声を掛けた。

「水球用のゴールなんて、ありましたっけ？」

「例の男子更衣室部分にあるのよ。昔は喜多学《きたがく》にも水球部があったからゴールやボールもきっと残ってるはず」

へー、そんな歴史があったのか。

「じゃ、とりあえず取ってきますね」

そう言い残して駆けだそうとすると、

「ひとりじゃムリだから、みんなで行きましょう」

と、麻夢子先輩は提案した。

その後、水球用のゴールやボールが男子更衣室内から見つかり、無事に戦いの舞台のセッティングは完了した。

そうこうしていると、ハンドボール部の連中もプールに到着。

やっぱりカメラの音が響き渡る。が、奏先輩たちの時より規模は小さめ。

当然だな、と妙に誇らしく思ってしまう俺。

「サイズは——大丈夫みたいですね」

ハンドボール部の連中をぐるりと見わたして麻夢子《まゆこ》先輩が言った。

「ええ、ずいぶん用意がいいのね。だけど、あたしたちは一切手加減しないから」

と、にらむような鋭い眼光で華耶《かや》先輩。取り巻きたちも腰に手を当てて仁王立ち。

みんな黒い光沢のある水着を着ていて、悪の組織の構成員みたいだな。

今回の対決にあたって、ハンドボール部には水泳部の備品を貸し出したらしい。

でも、そんなのあったかな。

水着はどこから出てきたんだろう……。

昔の水球部が着ていたやつなのだろうか。

ま、細かいことはいいか。

準備があらかた整ったのを見計らって、しっかり全身に水を掛けてから一気にプールに身体を落とす。

水が柔らかい。水温は二十八度くらいかな、悪くない。

俺は潜ったまま、潜水状態で数メートル平泳ぎで進む。

水を蹴《け》るたびに中学時代の思い出が懐かしくこみ上げてくる。

と、前方に人影――奏《かなで》先輩だ。

奏先輩も身体を沈めて水温に身体を慣れさせていた。

ぴったりフィットする水着は芸術的な身体のラインを強調して——おっぱいのカーブに沿ってついた小さな泡はキラキラ輝いている。

うおおおおおおおおおおおおおおお!!

なんだかいける気がしてきた!?

全員が水に入ったのを確認して、俺たちは試合開始前にゴール前に集合した。

「絶対に勝つわよ」

と、奏先輩がキリっとした表情。

「えぇ、勝てるに決まってるから」「そうやね、負けたら終わりやもんね」

麻夢子先輩と千歳《ちとせ》先輩。

なんだ、分かってたのか。ちょっと嬉《うれ》しいな。

「頑張りましょう」

俺もそう続いた。

プールサイドの審判席には貴志《たかし》が座っている。

水球とルールがほぼ同じハンドボール部でかつ、水泳部の俺のクラスメートだから中立だろうという理由で審判に選ばれた。

「お前なら不正はしないよな……？　信じてるから」

そう問いかけると、貴志《たかし》は無言で甘い笑顔を返した。

ボールがプール中央に浮かべられ、笛の音が大きく場内に響くと試合は始まった。

「耕哉《こうや》君、ボール取って！」

と、麻夢子《まゆこ》先輩の声を聞きながら、俺は全力でボールに向かう。

今でも泳ぐだけなら素人《しろうと》には負けないさと、ハンド部よりも大分先にボールにたどり着くと抱えたまま奏《かなで》先輩の元へ急ぐ。

パスを投げようとして明後日の方向へボールが飛んでしまうくらいなら、泳いで運んだほうが確実という判断だ。

「ボール頂戴！」

俺が近づくのを確認するやいなや、ボールを至近距離で渡す。

そしてすぐさま、奏先輩がシュート。鮮やかに金髪ロングの脇《わき》をかすめてネットを揺らした。

「ナイスです！」「さすが奏！」

甲高い笛が勢いよく鳴ると歓声が場内に響き渡り、得点係のハンドボール部の部員が、悔しそうな表情でスコアボードに一点を加える。

「ビギナーズラックよ。このまま上手《うま》く行くと思ったら大間違いだから……。皆、気合い入れていくわよ！」

華耶《かや》先輩がそう声を張り上げれば、

「はい！」

と、威勢よく声を揃《そろ》える子分たち。

再びプール中央からボールがセットされる。が、やっぱり笛が鳴ってものの数秒で俺が手に入れる。

今度は黒髪ショートが寄ってくるが、今度は麻夢子先輩にボールを渡そうとする。

が、彼女には華耶先輩がぴったりついてガードしていた。

麻夢子先輩へのパスを諦《あきら》め、方向転換しようとした瞬間、茶髪ツインテールが俺に突撃してきた。

「うわっ⁉」

彼女は勢いよく俺に抱きつくと、乳房を腕に押しつけ——おっぱい⁉

ふいを突かれて、力を抜いたそのとき、俺はボールを奪われてしまった。

な、なさけない。

パスが華耶《かや》先輩に通ると、ハンドボール部仕込みのパワフルなシュートが一気にゴールネットを揺らした。

「すみません……」

俺が謝ると、

「ドンマイ！　ドンマイ！」

と、奏《かなで》先輩と麻夢子《まゆこ》先輩。

なんだよ、すっげー部活っぽいじゃん……。

ちょっと感動してしまった。

だからこそ情けないミスをして申し訳ない。

「さすが華耶先輩です！」

と、ハイタッチを交わすハンドボール部たち。


気を取り直して試合再開。

俺が一目散にボールへ向かおうとすると、

「待って、わたくしが行くから！」

麻夢子先輩が声を張って泳ぎ始めると、凄《すさ》まじいスピードだった。

え……麻夢子先輩って策士という名のマネージャーだったんじゃ……。

たくさんのスイマーを大きな大会で見てきたけど、彼女のクロールは珠玉《しゅぎょく》のものだった。

あっという間にボールを手に入れ、そのままノールックで奏先輩にパス。

即シュート!!——そこへ黒髪ショートが奏先輩のわき腹に鋭くヒジを入れた。

反則だろ⁉

「痛っ……⁉」

苦悶《くもん》の表情を浮かべる奏先輩。

「大丈夫ですか⁉」

俺が声を上げたときには、華耶先輩の放ったシュートが水しぶきをあげながらゴールネットを揺らした。

クソ……なんてことを……。

「奏、ケガしてない？」「奏ちゃん大丈夫？」

千歳《ちとせ》先輩と麻夢子先輩の呼びかけに、

「大丈夫、大丈夫。へーき、へーき」

と、手は上げているが、表情は苦しそうなままだ。

心配だなぁ。

得点ボードは一対二でハンドボール部のリードを示していた。

その後もハンドボール部の反則気味な打撃とおっぱいを交えた攻撃に翻弄《ほんろう》され続け、前半が終わった頃には一対六で水泳部が劣勢になっていた。

貴志《たかし》も反則とってくれてもいいのに、ラフプレーってことでそのままだし。

「思ったよりやるね、あの子たち」

スポーツドリンクのストローを口にあてながら、奏《かなで》先輩が相手ベンチを眺めて言った。

ぶっちゃけ俺の想像してたのより三倍くらい強いと思う。

「やっぱりボールの扱いに慣れてるって感じや……」

「認めたくないけど、さすがハンドボール部ねぇ」

千歳《ちとせ》先輩と麻夢子《まゆこ》先輩も同意している。

って、負けたら廃部ですよ、廃部。

「このままじゃ大変なことになってしまいますって！」

俺が声をあげて立ち上がると、イスがガタガタと音を立てて倒れた。

「まぁ落ち着きなさいって。自分たちを信じれば勝てるから」

麻夢子先輩はカロリー補給用をうたったお菓子をバリバリ食べていた。

今日ばかりは、消費カロリー＞摂取カロリー。

一体どこからそんな自信が溢《あふ》れるのやら。

「とりあえず後半で巻き返すしかないわね……。って痛っ」

奏先輩は腰のストレッチをすると、小さく声をあげて顔を歪《ゆが》ませた。

「ケガはないですか⁉」

「大丈夫、大丈夫。しかしひどいわよねー。暴力なんて」

さっきの黒髪ショートの打撃とか……。

憧《あこが》れの先輩であることを差し引いても、フェアじゃない。

そこまでして勝ちたいのかよ。

プールの反対側にあるハンドボール部のベンチを見ると、華耶《かや》先輩たちは余裕の表情でペットボトルのお茶を飲んでいた。

「後半の作戦はどうする？」

無理に笑顔を作った奏先輩
「とりあえずわたくしと耕哉《こうや》君の機動力を生かしてボールの主導権を握って奏ちゃんにパス。で、奏ちゃんがシュートって図式を継続がいいんじゃないかしら」

麻夢子先輩の提案にふむ、と俺たちは頷《うなず》く。

確かにその戦略が一番効率的だとは思う。

「って、麻夢子先輩は泳ぐの上手《うま》いですね」

「え？　わたくし？　こう見えてもジュニアオリンピックの水泳日本代表でしたのよ」

マジか。

「じゃ、もっと部活で競技に出て、ちゃんとした実績を稼げばいいじゃないですか。そうすればハンドボール部にケチを付けられることもなかったですよね」

「うーん。なんか飽きちゃったのよね。もともと運動不足解消と趣味のために家のプールでレッスンを受けてただけですし……。水球もたしなみましたが、面白いとは感じませんでしたね」

静かな水面を取り戻したプールを眺めながら、小さく言った。

趣味、か……。

まぁ皆が皆、争って上を目指すことだけを生きがいにする訳でもないってことか。

そして始まった後半戦。

俺と麻夢子《まゆこ》先輩は打ち合わせ通り、ダッシュでボールに向かう。

彼女がボールをつかみ、併走して泳ぐ俺にパスを渡す。

俺は奏《かなで》先輩のもとへ。

よし、イケる……。

しかし、当然のように奏先輩の横には華耶《かや》先輩と金髪ツインテがべったりマーク中。

俺は方向を転換して、麻夢子先輩へパスを出した。

「シュートお願いします！」

しかし、狙いから少し離れた場所に水しぶきをあげてボールは落下。

「すいません！」

と、俺が声をあげるのを聞く前に麻夢子先輩がボールに向かう。

ボールの行方《ゆくえ》を見守ろうとした瞬間、後方から奏先輩の声がした。

「ちょっといい加減に……」

振り返ると、彼女は華耶先輩たちに挟まれて、水中で足止めされていた。

「お前ら──」

俺が急いで近づくと、ふたりは二手に分かれて離れていった。

「大丈夫ですか⁉」

「わたしは大丈夫。耕哉《こうや》君は試合に集中して……。はやく！」

後ろ髪を引かれる思いでボールを取りに行こうとする俺。

しかし、いつの間にかボールは黒髪ショートが小脇《こわき》に抱え、ぽんっと軽く上がったパスを華耶先輩が受け取るとシュート。

千歳《ちとせ》先輩が手をいっぱいに広げるも空《むな》しく、追加点。

「六点差かよ……」

スコアボードをにらむ。

振り返ると、奏先輩がプールサイドに腕を掛けて、大きく息をしている。

「大丈夫ですか？　奏先輩⁉」

急いで駆けつけると、全身にダメージを負って限界が近いようだった。

さっきも大分やられてたってことなのかな。

「無理しないでください……」

「でも代わりはいないのよ？　まだチャンスはあるわ。頑張りましょう」

懸命に笑顔を作るが、それが逆に痛々しかった。

このまま奏《かなで》先輩に無理はさせられないし、どうすりゃいいんだよ……。


「私、奏先輩の代わりに出ます……！」

声のほうを振り返ると、水着に身を包んだ葉月《はづき》だった。

「私も水泳部ですし。ちょっとサボってましたけど。私、もう逃げませんから」

「葉月ちゃん……」

奏先輩は葉月から差し出された腕を取ると、プールを上がった。

「葉月ちゃん！」

千歳《ちとせ》先輩と麻夢子《まゆこ》先輩も俺たちに近づいてきて笑顔に。

葉月が気丈な笑顔で応《こた》えると、

「ふーん。仲間同士の助け合いってワケ？　今更どうにかなるわけないでしょ」

パチパチとわざとらしく手を叩《たた》き、そうののしる華耶《かや》先輩。

葉月《はづき》が勢いよくプールに斜めに飛びこむ。

水しぶきの一切立たない飛びこみだけで、相当の熟練者だと分かる。

期待してるぜ……。

スコアボード横の時計は残り四分を指していた。

「よっしゃ、頑張りましょう、先輩たち、葉月！」

ボールがセットされ、笛が鳴る。

試合再開。

「耕哉《こうや》、ボール取って！」

「オッケー！　待ってろ」

俺は開始早々にボールを奪って、麻夢子《まゆこ》先輩に渡す。

彼女は目にも止まらぬスピードで即座に葉月へワンタッチパス。

そして葉月が大きく身体をそらせて、一気にシュート&ゴール。

見事な連携で一瞬にして得点した。

「すげぇな」

「余裕余裕。散々アンタにボールぶつけてきたからね」

自信たっぷりの生き生きした顔。

それでこそ葉月だ。

まさか今になって、葉月が「罰」と称して、小さい頃俺にボールを全力でぶつけるという拷《ごう》問《もん》を繰り返していたことが役立つとは。

仕切りなおしの後、今度は麻夢子先輩がボールを奪いレーザービームのようなパスを繰りだす。それを葉月が一瞬にしてゴールへ運ぶ。

時間にして十五秒くらいの電光石火《でんこうせっか》のような攻撃だ。

「何よ……」

華耶《かや》先輩が鬼の形相《ぎょうそう》で葉月をにらみつけている。

しかし、無言で優しくほほ笑み返す。女同士の争いって怖いわ……。

そして試合続行。

「耕哉、ボール取って！」

「はいよ！」

葉月の声に合わせて俺はボールを取り、麻夢子先輩のもとへ急ぐ。

また得点いただきだぜ。

と、思ったところで、華耶先輩と金髪ツインテが行く手を阻んできた。

「くっ！」

水中で回避しようとすると、すれ違いざまにキックをお見舞いされた。

「何するんですか！」

今度は俺を潰《つぶ》そうって魂胆《こんたん》かよ……。

「すいません……勘弁してください……。めっちゃ痛いっす……」

「ふふ、ざまぁみろって感じね」

華耶《かや》先輩が言いかけて笑った瞬間、

「なんてね、俺は毎日葉月《はづき》にどつかれてるんですよ。こんなくらいじゃ全然です。むしろマッサージ効果で疲れが取れちゃいますって」

一生懸命ウザそうな笑顔を作る俺。

「せいぜい格闘技でも習ってください、ハンドボール部の皆さん」

俺はふたりを振り払うと、葉月のもとへ急ぐ。

そしてパスすると力の限りのシュート&ゴール。

「ナイス！」

俺がハイタッチしようとすると、葉月のパーは俺の手ではなく、後頭部を直撃した。

ばしっ。

「いてぇよ!!」

「誰が毎日のように殴ってるですって⁉」

「ほら、今だって！　こういうのことだろ！」

大声で応戦すると、

「はいはい、お熱いお熱い。でも、ケンカは全部終わってから、好きなだけやればええやん！」

と、遠くから千歳《ちとせ》先輩の声が。

「違いますから！」

俺と葉月の声が見事にハモった。

葉月への交代後、俺たちは一方的に得点を重ね、残り一分で同点まで漕《こ》ぎつけた。

「やっと同点ね……」

「あと一息、あと一息で勝利よ」

スコアボードを見ながら葉月と麻夢子《まゆこ》先輩。

「俺たち、絶対に勝ちましょう」

そして再開の笛が鳴る。

「麻夢子先輩、ボールお願いします！」

「任せてちょうだい！」

一気にボールに向かう麻夢子《まゆこ》先輩。そして即座に俺にパス。

よし、これを葉月《はづき》に回してシュートしてもらえば……。

ボールを受け取って泳ぎ出そうとした瞬間、後ろから羽交《はが》い絞めにされる俺。振り向くと華《か》耶《や》先輩。

「ちょっ、何してるんすか！」

「逃がさないわ」

ぎゅぎゅ！

同時に、金髪ツインテのおっぱいが俺の顔面に押しつけられた。

おっぱい⁉

「おおおおおおおおぉぉぉぉおおおおおお」

パニくった瞬間、情けないことにボールは奪われていた。

「バカ耕哉《こうや》！　ホント・アンタ・バカ！」

三拍子のリズムで大声を出しながら水面をバシバシ叩《たた》く葉月。

す、すまねぇ……。

華耶先輩がパスしようと振りかぶると。

ばりばりばり！

何かが裂《さ》ける音がプールに響き渡った。

なんだなんだ。

華耶《かや》先輩の投げるはずだったボールは力を失って、宙を舞った。

「いやぁあああああ」

な、なにが?

振り返ると華耶先輩の水着がボロボロに破れ、生地ではなく布の欠片《かけら》になっている。

必死に両手でおっぱいを隠して、水に潜ろうとする。

予想外のハプニングに会場がどよめく。

「はやく、今よ!」

葉月《はづき》の声で冷静さを取り戻し、ボールを奪取する俺。

だが、今度は金髪ツインテが俺からボールを奪おうと必死にやってくる。

「クソっ! 離せよ!」

俺が一層力を入れた瞬間、ぱらっと金髪ツインテの水着の肩ヒモ部分が千切れる。

ぼろん。

「え? きゃああああぁぁぁああ」

半泣きにも似た大声。

そして俺の目の前にはボール……ではなくおっぱいが二つ。

「おっぱい……うおおおおおおおおおおお!!」

どれがボールかおっぱいか分からず錯乱《さくらん》する俺。

「バカ！　いい加減にしなさいよ！」

葉月の声が飛ぶ。

そうだ、俺は今、部の存続を掛けておっぱい、いや水球をしているんだった……。

必死で自己を律して、落ち着きを取り戻す。

スコアボードの時計は残り十秒を指していた。

時間がない……。

パスしてたら間に合わない。

「頼む、入ってくれ!!」

力の限り、ボールをゴールに向かって投げこむ俺。

「させるかあああああ」

金髪ロングヘアーの女の子が両手を広げて阻止しようとする。だが、今度は彼女の水着がお腹《なか》あたりから一気にびりびりに裂けてしまった。

「ちょ、ちょっと、きゃあああああああ」

一度は広げた手を即座に前に交差して、あらわになりかけたおっぱいを隠す。

と、その瞬間ボールがネットを揺らした。

一瞬の静寂。

「よっしゃあああああああ」

ピーッ！

俺の雄たけびと、試合終了を告げる笛とが同時に響いた。

「耕哉《こうや》君！　やった！」

振り返ると、みんなガッツポーズをしていた。

プールサイドの奏《かなで》先輩も飛び跳ねて喜んでいる。

「耕哉……やればできるじゃない……」

ゆっくりクロールでみんなのもとに戻ると、葉月《はづき》は両手を広げて俺に思い切り抱きついた。

「ち、ちょっ、なんだよいきなり」

おっぱいが身体に密着してキョドる。

「格好良かったわよ、耕哉！」

と、満面の笑みを浮かべる葉月。

「ほんま格好よかったで！　惚《ほ》れるかと思ったわ」

「ええ、本当に。さすがうちの男子部員は違いますね」

千歳《ちとせ》先輩と麻夢子《まゆこ》先輩も、俺の肩をバシバシと叩《たた》いて本当に嬉しそう。

「お疲れ様、耕哉君。やっぱり、わたしたちが見込んだ男子はこうでなくっちゃね」

奏先輩が水際まで駆け寄ると、俺たちは笑顔でがっちり握手を交わした。

歓喜のときを向かえた俺たちが少しして、プールサイドに上がると、半ベソをかきながら華耶先輩たちが、バスタオルを身体に巻いて退散しようとしていた。

「もう、なんなのよ……」

「こ、こんなのでいい気にならないでよ……。あたしたちは負けたなんて思っていないから！」

なんと分かりやすい負け犬の遠吠《とおぼ》え。

ハンドボール部の後ろ姿で、試合中に見た裸やおっぱいがフラッシュバックした。

大きかったし、柔らかかったな……。ましゅまろ？　ふわふわ？

どがっ。

「いってえ！」

「またアンタはイヤらしいことを考えてんでしょ。ばーか」

葉月がビート板を持って肩で息をしていた。またどつかれたみたいだ。

「うーん。水着が破れるのが遅くてどうなるかと思ったわ……」

小さくため息をついて、観客が帰り始めているスタンドを眺めながら麻夢子先輩がそう言った。

「え……？」

俺たちは揃《そろ》って固まる。

「あっ……。うん。ハンドボール部に渡した水着は前にみんなで着たのと同じくパパの会社の失敗作だったの。今回のは水の抵抗を抑えられる画期的なものだったんだけど、ハードな動きを続けると生地が崩壊する弱点が販売直前に見つかって、販売中止になったいわくつきのね」

麻夢子《まゆこ》先輩はプールサイドに落ちていたハンドボール部が残していった水着片を拾いあげ「えいっ」と引っ張ると簡単に破れてしまう。

「ちょっと……！　じゃこうなるって分かってたの？」

「なんで早く言わないねん！」

奏《かなで》先輩と千歳《ちとせ》先輩が麻夢子先輩にすごい剣幕で詰め寄る。

結局、俺たちは麻夢子先輩の手のひらで踊らされてたっていうのか。

「たまにはこういうのもいいじゃない。結果的に勝てた訳だし。部活っぽくて楽しかったじゃない？」

そう言うと、舌を小さく出して小走りで逃げ始めた麻夢子先輩を「ちょっと！」と追いかけるふたり。

「なんていうか、ウチの水泳部らしいな……」

「まぁでもとりあえず水泳部はこれからも続きそうね。それだけでいいじゃない」

そんな先輩たちを横目に俺たちはお客さんが残していった紙コップや紙くずを拾っていた。

「まぁな。これでまた葉月《はづき》と一緒かー」

「何よ、私と一緒じゃイヤだって言うの？」

葉月は手を止めて立ち上がろうとした。

「そんなことない。って今更だけどさ、この前は無神経なこと言って悪かったな……。あと、校内整備のときに盗み聞きしたのも、すまんかった」

「な、何を改まってるのよ、耕哉《こうや》のくせに。いつものことだし、気にしてないし」

わざと俺に背中を向けて、葉月はペットボトルをゴミ袋に放り投げる。

「お、おう。ならいいんだけどな。ほら、あの時、俺のことが好きとかそんな話してたじゃん？　あれってマジ？」

「え、え、ええ？　記憶にございませんが」

葉月は振り向くと、耳まで真っかに染めて、変な手振りをしながら答えた。

なんだその、政治家みたいなシラばっくれ方。

「ど、ど、どういうことか教えてくれよ」

「しつこいわね！　覚えてないって言ってるじゃないの！」

まだ中身の入っているペットボトルを俺に投げつける体勢でスタンバる。

「ちょっ、やめろって」

俺が離れようとすると腕を下ろし、

「耕哉《こうや》はやっぱり私と一緒じゃ、イヤ？」

と、俺をすっと見据えて真顔になった。

「な、なんだよ急に……」

まっすぐの視線が俺を捉えて離さない。

「そうだな……。たまにならいいかな。ほら、お前いないとメシに困るし。遅刻するし、宿題見せてくれるヤツ他にいないし……」

「それだけ？」

葉月《はづき》の目は、嬉しそうに輝いていた。

「うるせぇ！　もういいじゃねぇかよ！　まぁなんていうか、これからもよろしくな……」

「うん……。うん。今日、何か食べたいもの、ある？」

学園祭の終わりを告げる鐘《かね》の音が遠くで響いている。

プールの天井に張られたガラスから差しこんだ傾きかけた日差しが、シンと静かな水面をチラチラ輝かせている。

「なんでもいい」

「うん、わかった」

女子率の高すぎる水泳部で色仕掛けに負けた俺

最終レーン
プールサイドの色仕掛け

水泳部が学園祭で行った「スク水メイド喫茶」は、部長会議で正式に実績と認められた。

晴れて廃部は回避されたのだ。

学内では水泳部の処遇を巡って未《いま》だに様々な意見があるらしいが、ひとまずは安心といったところだろう。

俺たちはといえば、相変わらず毎日プールに集まって、これまで通りの部活を行っている。

主に、遊んだり、遊んだり、遊んだり。

でも、少しだけ変化もあった。泳いだりね。


「ちょっとっ。くすぐったいっ！　耕哉《こうや》君、塗りかたが下手《へた》なんじゃないの？」

奏《かなで》先輩が「ひゃっ」とか黄色い声をつけ足して、俺を見上げる。

プールサイドでは、海水浴場なんかで目にするビーチベッドの上に、先輩たちと葉月《はづき》までもがうつぶせに並んで寝そべっている。

いい感じの日差しだから、と麻夢子《まゆこ》先輩が言いだし日光浴が今日の部活動になったらしい。

もちろん、天井は開放済み。

そして俺はサンオイル塗り係。

「はい……こんな感じですかね」

手のひらになみなみとサンオイルを垂らして、恐る恐る奏先輩の腰回りに薄くのばす。

正直なところ、いきなりオイルを塗れって言われてもなぁ。

しかもビキニの背中のヒモは「日焼けが綺麗《きれい》になるように」とか言ってほどいてるし。

「だから、もっとこう、ぐいっとやるのよ。ぐいっと。ほら、お腹《なか》の横も塗ってくれないと真っ赤《か》に日焼けしちゃうじゃない！」

ろくろを回すかのような動きでジェスチャーする。

俺だって奏先輩が満足するように塗りたいけどさ……。

「だから、ここも塗れてないじゃない」

と、俺の手首をつかんで脇《わき》の下周辺に誘う。

そして、俺の手はおっぱいぎりぎりというか、もう横おっぱい、つまりサイドオブおっぱいの領域に触れてしまっていた。

どうにか平静を装おうとするけど、確実に顔の筋肉が緩んでいるのが自分でも分かる。

「そうそう、やればできるじゃない」

「じー」

虫めがねで太陽光を集めたかのような熱さの視線に振り向かざるを得ない。

そこには、葉月がすごく怖い顔で俺をにらんでいた。

「あ、あの……。奏先輩はこの辺で……。ほら、麻夢子先輩たちにも塗らないといけないですし……」

冗談じゃなく葉月《はづき》に視線で黒こげにされそうだから、切り上げて強引に次に移る。

「えー。もう終わりなの？」

奏《かなで》先輩は残念そうに首をこちらに向ける。

「じゃ次はわたくしお願い」

そう言ったのは気持ちよさそうにゴロゴロしている麻夢子《まゆこ》先輩だ。

「ウェルダンじゃなくてレアになる感じでよろしくね」

日焼けを肉の焼け具合で表現する人を初めて見た。

えっと、日焼けしすぎない感じにたくさん塗ればいいってことだろうか。

「は、はい」

と、俺は奏先輩と同じ要領でサンオイルを塗っていく。

「うん、そうそう。そんな感じでパンツの中までよろしくね♪」

「はいぃ？」

あまりにも情けない声を出して、思わず手を止めてしまった。

「ほら、パンツの下にも塗ってくれないと日焼けの跡が変な風についてしまうし……」

そういえば昔、ゴーグルをつけたまま泳ぎ続けて、目の周囲だけ日焼けした経験がある。その後のあだ名はしばらく「パンダ」だったっけ……。

だから、麻夢子先輩の言ってることは理解できるけどさ。

それを俺にやれと申しますか……。

気になって葉月のほうを見ると――やっぱりお怒りになられていた。

頭の上に吹き出しが出てて「⁉」って書いてあるような表情。

「す、すみません。今日はこれくらいで勘弁してください……」

「あら、もう終わりかしら？」

不満そうなテンションで、麻夢子先輩は自分の手でサンオイルをお尻にのばし始めた。

「まぁそんなところでいいんじゃない？　大分レベルアップしたみたいだし。あ、ウチは塗ってくれなくても大丈夫やから。ビタミンDが最近足らへんみたいやし」

めずらしく優しい千歳《ちとせ》先輩がキョドる俺に、ほほ笑ましい表情を向けてお許しをくれた。

でも、ビタミン不足って自覚できるものなのか？

そもそも俺がサンオイルを塗ることになったのは、

「耕哉《こうや》君を女の子に慣れさせせよう」

と、麻夢子先輩が言いだしたからだ。

水球対決でおっぱいを見たくらいで俺が動揺したから、今後同じことがないように、という温かい配慮。

まったくつくづく優しい先輩たちです。

冷静に考えれば、そんなこと二度と起きないと思うんだけど。

「耕哉《こうや》、次は私にもお願いね。あ、変なとこ触らないでよね」

「了解―。かゆいところとかあったら言ってくれよ」

先輩たちと同じ要領で、手際よく背中全体にオイルを塗っていく。

「ううん、大丈夫。って、ちゃんと塗ってくれないと、日焼けしすぎちゃうでしょ」

葉月《はづき》は俺の手首をつかむと、胸の方に近寄せた。

動揺してガチガチの俺をよそに、なされるがまま、俺の手の平はふかふかで柔らかい葉月の横おっぱい周辺を往復する。

「そ、そろそろいいんじゃないか？　もう十分塗ったしさ」

「まーだ。全然塗れてないし」

ドキドキしながら尋《たず》ねると、葉月は振り向きながら意地悪い笑顔を俺に向けた。

「お、おう」

俺が覚悟を決めて、手をゆっくり動かすと、

「あんっ♡　ちょっと、くすぐったいじゃない」

と、葉月は今まで聞いた事のない声色を出した。

「ご、ごめん。くすぐったいか？」

「ちょ、ちょっとね」

葉月《はづき》がそう答えると、奏《かなで》先輩が思い出したかのように顔をこちらに向けて、

「なんだか、色々進展してるみたいで何よりだわ」

と、穏やかな笑顔を俺たちに投げかける。

「ほんまやね。ウチたちも面倒なサンオイル塗りを耕哉《こうや》君に頼めたし、一石二鳥《いっせきにちょう》やね」

「本当、助かりますわ」

千歳《ちとせ》先輩と麻夢子《まゆこ》先輩もニコニコしながらそう続いた。

「え!? 面倒なって、どういうことですか?」

俺が呼びかけると、一気に静寂が訪れる。

……。

…………。

……………。

………………。

「ちょっ! また先輩たちは俺を騙《だま》したんですか!?」

「騙したなんて人聞きが悪いわねぇ」

「耕哉君がコロっと色仕掛けに引っ掛かるのが悪いんじゃないの」

何その騙される方が悪い、みたいな言い方!

俺はこれからどんだけ先輩たちの色仕掛けに乗せられ続けることになるんだ⁉

あとがき

はじめまして、三葉《みつば》と申します。

これまでにも、一迅社さんとは『オンナノコになりたい！』や『30歳の保健体育』などの本でご一緒させて頂いてきましたので、そのあたりでお会いした方もいるかも知れません。

さて、『女子率の高すぎる水泳部で色仕掛けに負けた俺』は、いかがでしたでしょうか。

このお話は水泳部が舞台です。なので、水着分、肌色分が非常に多めです。そして、おさななじみも先輩たちも主人公も、例外なくポロリします。はい、「水着＝ポロリ」の公式通りです。

ちなみに、このお話は実話を元にしています（といっても、もちろんすべて実話ではありませんが）。

ですので、たびたび古い記憶を呼び起こしては執筆にあたりました。

そして、そんな昔の記憶とは、小説と同じく高校時代です。

入学した直後に水泳部のビラを見たのが運の尽きでした。

競泳経験があったので、軽い気持ちで部活見学に訪れると、見事に女の子オンリー。確か、十人以上の女の子がプールにいたような。

新入生で水泳部に入ろうと考える生徒はおらず、ただひとりの男子の先輩は自主的帰宅部に転部したらしく、「女の子ばかりだし、溶け込めないな……」なんて思いつつ、「入部は遠慮します」と部室に戻って口にしようとした時のことでした。

僕の正面に立っていた女子部長が、いきなりがに股でしゃがみ込んだのです。そしてスカートをパタパタパタ……。

色鮮やかなパンツがすぐそこに！　パンツの色は先輩の名誉のために割愛するとして、人生初体験のリアルパンツのショックは大きく、「まさか、俺に気があるんじゃ!?」と思い込み、その約三分後には入部届を書き上げていました。

しかし、いざ入部してみるとやたらと女子部長の態度が冷たい。「もう入部したし、どうでもいいや」みたいな感じ。

そんなある日、やっと男子の先輩と会えたので、パンツの件、最近先輩たちが冷たい件を相談すると、

「あー、パンツ見せて誘惑すれば男子部員が入るんじゃね？　って、○○（女子部長の名前）に言ったんだよ。アイツ俺の彼女だし。まぁ頑張れ」

衝撃発表でした。俺は○○さんに淡い恋心まで抱いてたのに!!

その後も先輩たちは仲よく愛を深め合って、俺は残念なまま卒業しましたとさ。めでたしめでたし……。

とまぁ、失った青春を取り戻すべく、頭を机にぶつけたくなる衝動に襲われたり、急に吐き気を催して水を飲んだりしつつ出来上がったのが、この作品です。

なにこの告白。

最後になりましたが、ボロボロになりながらも連日深夜まで丁寧に赤入れしてくださった担当のWさま（寝てくださいね）、まさにイメージ通りでかつ魅力的なヒロインたちのイラストをくださった松之《まつの》鐘流《かねる》さま、また、作品作りに携わったすべての方々にこの場を借りて深くお礼申し上げます。

そして何より、この小説を手に取ってくださった読者の皆様、本当にありがとうございました。

それでは今回はこの辺りで失礼します。

また、お会いしましょう！

二〇一三年夏　三葉

女子率《じょしりつ》の高《たか》すぎる水泳部《すいえいぶ》で色仕掛《いろじか》けに負《ま》けた俺《おれ》

三葉《みつば》

発　行　二〇一三年八月一日　初版発行

発行人　杉野　庸介

発行所　株式会社　一迅社
〒一六〇－〇〇二二
東京都新宿区新宿二－五－十　成信ビル八階
電話　〇三－五三一二－七四三二（編集部）
〇三－五三一二－六一五〇（販売部）

装丁　戸島正裕（ｒｋＤｅｓｉｇｎ）

印刷・製本　大日本印刷株式会社

乱丁本、落丁本はお取り替えいたします。
本書の内容を無断で複製、複写、放送、データ配信等をすることは、堅くお断りいたします。
定価はカバーに表示してあります。

一迅社文庫

© 2013 Mitsuba　Printed in Japan　ISBN978-4-7580-4468-4 C0193

作品に対するご意見、ご感想をお寄せください。

〒160-0022 東京都新宿区新宿2-5-10 成信ビル8階　株式会社 一迅社 ノベル編集部
三葉《みつば》先生 係／松之鐘流《まつのかねる》先生 係